OLIMPÍADAS DA BIBLIOTECA DO SR. LEMONCELLO

CHRIS GRABENSTEIN

OLIMPÍADAS DA BIBLIOTECA DO SR. LEMONCELLO

Tradução
Rodrigo Abreu

1ª edição

BERTRAND BRASIL
Rio de Janeiro | 2017

Copyright © 2016 by Chris Grabenstein
Copyright da arte da capa © 2016 by Gilbert Ford

Publicado mediante acordo com Random House Children's Books, uma divisão da Random House LLC.

Título original: *Mr. Lemoncello's Library Olympics*

Ilustrações de miolo: Rômulo Lentini

Texto revisado segundo o novo
Acordo Ortográfico da Língua Portuguesa

2017
Impresso no Brasil
Printed in Brazil

CIP-BRASIL. CATALOGAÇÃO NA PUBLICAÇÃO
SINDICATO NACIONAL DOS EDITORES DE LIVROS, RJ

G751o
Grabenstein, Chris, 1955-
Olimpíadas da biblioteca do sr. Lemoncello/ Chris Grabenstein; tradução Rodrigo Abreu. – 1ª ed. – Rio de Janeiro: Bertrand Brasil, 2017.
288 p.: il.; 21 cm.

Tradução de: Mr. Lemoncello's library olympics
ISBN 978-85-286-2225-6

1. Ficção infantojuvneil americana. I. Abreu, Rodrigo. II. Título.

17-42942
CDD: 028.5
CDU: 087.5

Todos os direitos reservados pela:
EDITORA BERTRAND BRASIL LTDA.
Rua Argentina, 171 – 2º andar – São Cristóvão
20921-380 – Rio de Janeiro – RJ
Tel.: (21) 2585-2000 – Fax: (21) 2585-2084

Não é permitida a reprodução total ou parcial desta obra, por quaisquer meios, sem a prévia autorização por escrito da Editora.

Atendimento e venda direta ao leitor:
mdireto@record.com.br ou (21) 2585-2002

*Para Sunshine Cavalluzzi, Sid Reischer, Stacey Rattner
e todos os incríveis pais, professores e bibliotecários
que fazem tanto para tornar a leitura divertida*

*E em memória de Rosanne Macrima, a bibliotecária de tantos
anos da Escola P.S. 10 no Brooklyn, que inspirou tantas
crianças e um autor que teve muita sorte de conhecê-la*

1

Quase todas as crianças dos Estados Unidos gostariam de ser Kyle Keeley.

Especialmente quando ele atravessava suas telas de TV em disparada como um esquilo flamejante em um comercial natalino para *Esquadrão Esquilo VI*, o novo jogo de videogame histericamente louco da Lemoncello.

As amigas de Kyle, Akimi Hughes e Sierra Russell, também estavam naquele comercial. Elas manejavam controles e tentavam explodir Kyle no céu. Ele desviava de cada elástico, de cada torta com cobertura de coco, de cada naco de lama e de cada bola de meia que elas arremessavam em sua direção.

Era incrível.

No comercial para o jogo de tabuleiro *Até Mais, Não Queria Ser Você* do Sr. Lemoncello, Kyle estrelava como o peão amarelo. Sua cabeça se transformava na ponta arredondada no topo da peça do jogo. O amigo de Kyle, Miguel Fernandez, era o peão verde. Kyle e Miguel deslizavam pelo jogo em tamanho real como discos de hóquei no gelo. Quando Miguel parou sobre o mesmo quadrado em que Kyle estava, aquilo significou que o peão de Kyle tinha que ser levado de volta à linha de partida.

— Até mais! — gritou Miguel. — Não queria ser você!

Kyle foi arrancado do solo por um cabo escondido e arremessado para trás, voando sobre o tabuleiro.

Era igualmente incrível.

Mas o absoluto favorito entre os papéis principais de Kyle era o comercial para o jogo *Você Realmente Não Pode Falar Isso* do Sr. Lemoncello, em que o objetivo era fazer seus colegas de time adivinhar a palavra em seu cartão sem usar qualquer das palavras proibidas listadas no mesmo cartão.

Akimi, Sierra, Miguel e a perpetuamente animada Haley Daley estavam sentados em um sofá circular e interpretavam os jogadores que tentavam adivinhar. Kyle estava de pé na frente deles como o participante que dava as pistas.

— Molho — disse Kyle.

— Nachos! — falou Akimi.

Uma buzina tocou. O chute de Akimi estava errado. Kyle tentou novamente:

— Molho de raiz-forte!

— Algo que ninguém nunca come — respondeu Haley.

Outra buzina.

Kyle se enrolou e falou uma das palavras proibidas:

— Ketchup!

SPLAT! Duzentos litros de molho de tomate meloso e pegajoso caíram do alto. Aquilo escorria pelo seu rosto e pingava de suas orelhas.

Todos riram. Então Kyle, que adorava ser o palhaço da turma tanto quanto adorava jogar (e ganhar) os jogos malucos do Sr. Lemoncello, seguiu em frente e leu toda a lista de palavras banidas o mais rápido que podia.

— Mostarda-maionese-relish-de-picles.

SQUOOSH! Ele foi encharcado com baldes de gosma amarela, pasta branca e uma lama verde espessa. A goroboba escorria pelas suas mangas, entrava em sua calça e formava poças no chão.

Os quatro amigos rolavam no chão rindo de Kyle, que estava coberto com mais "condimentos" (a palavra em seu cartão) do que um cachorro quente de um quilômetro de comprimento.

— Foi divertido? — bradou um narrador invisível.

— Divertido? — respondeu Haley. — *Hello?* É um Lemoncello!

Era assim que todos os comerciais terminavam, com Haley dizendo o slogan *"Hello?* É um Lemoncello!" Ela se tornou uma estrela. Pessoas em todos os cantos dos Estados Unidos desejavam ser Haley Daley também. A não ser, obviamente, aquelas crianças que tinham muita inveja dela e se perguntavam por que ela, Kyle Keeley, Akimi Hughes, Sierra Russell e Miguel Fernandez tinham sido escolhidos para estrelar os comerciais natalinos do Sr. Lemoncello.

Quando descobriram que se tornar famosas estrelas da TV foi o prêmio que as cinco crianças receberam em um jogo disputado na incrível nova biblioteca do Sr. Lemoncello em Alexandriaville, Ohio — um jogo para o qual não foram convidados —, eles começaram a exigir uma revanche.

2

Charles Chiltington estava sentado na sala de TV de sua família assistindo a seu colega de turma, Kyle Keeley, disparar pela televisão de tela de plasma de setenta polegadas.

Era o pior Natal de sua vida.

Por mais de um mês, toda vez que ligava a televisão, Charles era forçado a olhar para os cinco trapaceiros que, seis meses antes, lhe tiraram seu prêmio legítimo.

No comercial da Lemoncello daquela noite, Keeley — o líder do grupo que tinha "derrotado" Charles no jogo da Fuga da Biblioteca do Sr. Lemoncello — estava ridículo fantasiado com óculos idiotas como um esquilo voador. Mas Keeley obviamente estava se divertindo muito estrelando o comercial.

Um comercial que *Charles* deveria ter estrelado.

Keeley precisara de quatro companheiros para vencê-lo no jogo de fuga do último mês de junho, que foi disputado dentro da nova biblioteca idiota do criador de jogos ainda mais idiota em seu fim de semana de inauguração.

Keeley também precisara da ajuda do Sr. Lemoncello para vencer.

No último segundo, exatamente quando Charles estava se aproximando da vitória, o bilionário pirado o desclassificara por causa de uma tecnicalidade inventada. Keeley e seus comparsas acabaram vencendo o jogo e o grande prêmio.

Charles, por outro lado, fora para casa para escutar como ele era uma decepção para o seu pai.

Porque os Chiltington nunca perdem.

Especialmente para um zé-ninguém como Kyle Keeley.

Durante seis meses, Charles vinha tramando sua vingança contra Keeley e seus companheiros de time: a sabichona Akimi Hughes, o nerd literário Miguel Fernandez, a rata de biblioteca Sierra Russell e, acima de tudo, a vira-casaca traidora Haley Daley, que fizera parte da equipe de Charles com Andrew Peckleman até abandoná-los para se juntar ao Time Kyle.

— O Sr. Lemoncello me roubou — resmungou Charles miseravelmente. — Deviam acabar com sua biblioteca ridícula.

Ele vinha resmungando a mesma coisa desde que os comerciais de fim de ano da Lemoncello começaram a passar na TV. Mas, por alguma razão, assistir àquele irritante comercial de esquilo fez um novo pensamento borbulhar dentro de seu cérebro.

Ele apertou o botão de pausa no controle remoto de seu gravador de vídeo digital.

Deviam acabar com o Sr. Lemoncello.

Essa era uma ideia melhor.

Os bons cidadãos de Alexandriaville, Ohio, não deviam permitir que o demente Sr. Lemoncello continuasse a controlar o que entrava em sua biblioteca *pública*.

Sim! Sua mente começou a zumbir. Esse era o enfoque perfeito. Uma campanha pública para tomar o controle da biblioteca do perigoso lunático Luigi Lemoncello.

E Charles sabia exatamente quem deveria liderar o ataque.

Sua mãe.

Ela tinha um longo histórico defendendo causas públicas.

Quando ele estava no jardim de infância, ela liderara a Cruzada Anti-Cupcakes, porque Charles preferia brownies. Quando ele estava no terceiro ano, sua mãe se assegurara de que o professor que ousou dar um B ao vulcão de papel machê de Charles fosse demitido. E, no quarto ano, ela o tirara da Chumley (e cortara sua doação) quando a escola particular tivera o atrevimento de contratar um professor de história que celebrava o Dia Internacional de se Falar Como um Pirata.

Além disso, a mãe de Charles não gostava particularmente do que o Sr. Lemoncello estava fazendo dentro daquela biblioteca idiota.

— Muito barulho para nada — reclamara ela para amigos em seu clube de bridge. — Eles também emprestam muitos livros do tipo errado.

Engrenagens estavam rodando dentro da cabeça de Charles enquanto ele tramava seus próximos passos.

Com a mais leve das cutucadas, tirar o "Lemoncello" da Biblioteca Lemoncello se tornaria a próxima grande causa de sua mãe. Estava certo disso.

— Mamãezinha? — gritou ele, com sua melhor voz de bebezinho com dodói.

Quando ninguém respondeu, ele repetiu. Mais alto.

— Mamãezinha! Faça desaparecer! Estou ficando traumatizado! Mamãezinha!

Sua mãe entrou afobada na sala de TV:

— Charles, querido? Qual é o problema?

Charles apontou um dedo trêmulo para a tela da TV:

— O Sr. Lemoncello. Quero que você o faça desaparecer. Sua biblioteca é um lugar horroroso, cheio de trapaceiros!

— Eu sei, querido, mas não há nada...

Charles começou a choramingar:

— Ele me enganou, Mamãezinha. Ele me roubou!

— Sim, querido...

Estava na hora de trazer a artilharia pesada.

— Ele acabou com a minha autoestima! Estou me sentindo um enorme fracasso! — Ele fungou. — Por causa do Sr. Lemoncello, posso acabar nunca indo para a faculdade!

O rosto de sua mãe ficou fantasmagoricamente branco. *Bingo!*

— Calma. A Mamãezinha está aqui. Tudo vai ficar bem.

Ela o abraçou apertado.

Charles sorriu.

O Sr. Lemoncello estava frito.

Tostado com um ovo estrelado.

3

Sem aula durante as férias de inverno, Kyle e seus amigos passavam muito tempo juntos no centro da cidade na Biblioteca Lemoncello, onde, por causa de seu status de celebridade, todo dia era dia de bolo.

Dias de bolo eram uma tradição da família Keeley. Quando algum deles fazia algo espetacular — como seu irmão Mike vencer um jogo de futebol americano (de novo) ou seu outro irmão, Curtis, só ter notas altas em seu boletim (de novo) —, a mãe de Kyle assava um bolo.

Desde que Kyle e seus companheiros de time ganharam o jogo da fuga, todo dia parecia ser um desses. Saboroso.

— Você é o garoto do comercial!

Pelo menos uma dúzia de jovens falava para Kyle enquanto ele caminhava pela Sala de Leitura da Rotunda.

Ele oferecia a cada um uma garbosa saudação com dois dedos. Ele tinha visto astros do cinema fazerem o mesmo tipo de saudação na TV.

— Me dá um autógrafo? — perguntou uma menininha.
— Claro. Aqui está.
Kyle ainda dava cada autógrafo individualmente.
Sua melhor amiga, Akimi, por outro lado, distribuía cartões de autógrafos previamente impressos.
— É mais rápido assim — dizia ela.
— Oi, Kyle!
Sierra estava encolhida em uma das poltronas confortáveis perto da parede de ficção com seus três andares de altura. Lia um livro, claro. Seu olhar parecia distante e sonhador, porque, quando Sierra se envolvia com um livro, ela se envolvia *totalmente* com ele. Praticamente se enfiava entre as capas para viver com os personagens.
— Ei — falou Kyle. — O que você está lendo?
— Na verdade, estou *re*lendo *Bud, não é Buddy*, de Christopher Paul Curtis. É o meu favorito.
— Que beleza.
— Você já leu?
— Ainda não. Mas está na minha lista.
Sierra riu. Provavelmente porque Kyle Keeley tinha a mais longa lista de livros a serem lidos entre todas as crianças do país.
— Tem outro na estante — disse Sierra.
— Tudo bem. Vou encontrar com Akimi e Miguel lá em cima no Centro Eletrônico de Aprendizado. O Sr. Lemoncello acabou de instalar um novo videogame educativo: *Carlos Magno e seus cavaleiros*. Acho que é sobre os Cavaleiros da Távola Redonda.
— Hmm, Kyle? Carlos Magno foi um Imperador Romano. *O Rei Artur* tinha a Távola Redonda... na *Inglaterra*.

— Viu? É *possível* aprender algo novo todos os dias. Falo com você mais tarde, Sierra. Não quero deixar Carlos Magno ou o Rei Artur esperando.

Kyle subiu a escadaria em espiral até o terceiro andar, dando autógrafos e posando para selfies com fãs no caminho.

Ele passou pelas duas portas de correr de vidro muito grosso que impediam que os sons selvagens do Centro Eletrônico de Aprendizado vazassem para o resto do prédio.

Quando estava dentro da sala de jogos, seus ouvidos foram bombardeados pelo estrondo, pelo zumbido e pelas buzinas de três dúzias de videogames educativos. Seu nariz era atingido também. Muitos dos jogos do CEA eram equipados com a nova sensação do Sr. Lemoncello, o telecheiro, incluindo um em que você era um rato da realeza com problemas de odor corporal, nadando pela história inglesa através dos esgotos de Londres.

— Sinto muito, não posso dar outro autógrafo ou minha mão vai cair — falou Haley Daley, que estava recebendo seus admiradores perto do console do jogo *Cleópatra: A rainha do Nilo*.

Kyle não jogava muito aquele jogo, porque Haley sempre o vencia. Ela conhecia o macete para convocar os crocodilos do Nilo.

— Kyle? — Haley acenou para ele. — Você tem um segundo?

— Eu estava indo ver o...

— Isso é muito importante.

Kyle se aproximou de Haley.

— Vou me mudar! — disse ela.

— Sério?

— *Hello*? Você sabe quantas ofertas tive desde que estrelei aqueles comerciais para o Sr. Lemoncello?

— Na verdade, nós todos meio que estrelamos...

— Centenas. Talvez milhares. Então toda a minha família vai para Hollywood. Meu pai conseguiu um novo emprego em Los Angeles. Além disso, meu agente já agendou aparições para mim no Disney Channel.

— Incrível — falou Kyle.

Haley e sua família precisavam do dinheiro que vinha com a vitória no jogo de fuga da biblioteca mais do que qualquer outro participante. Parecia que a generosidade do Sr. Lemoncello tinha mudado as coisas para eles.

— Eu só queria dizer adeus. E obrigada, Kyle.

— Ei, foi um trabalho em equipe. Nós vencemos juntos.

— Tanto faz. Tenho que ir. Preciso escolher novos óculos de sol.

Haley fez um aceno de despedida dramático para Kyle e todos os seus adoradores enquanto lentamente saía do Centro Eletrônico de Aprendizado. Ela também fez isso dramaticamente.

— E aí, Kyle? Precisamos de uma ajudinha aqui, irmão! Tipo agora.

Miguel e Akimi estavam do outro lado do Centro Eletrônico de Aprendizado jogando *Carlos Magno e seus cavaleiros*. Miguel estava com o manche atarracado do controle agarrado na frente do peito, manejando-o como se fosse um sabre de luz.

Kyle atravessou o ambiente barulhento às pressas:

— O que houve?

— Carlos Magno precisa de um campeão — explicou Akimi. — Alguém que vai defender os fracos e indefesos, que vai lutar por aquilo que é certo e todas essas coisas. O jogo é baseado no velho código de cavalheirismo.

— Estou meio atolado — disse Miguel, defendendo-se de um dragão flamejante com seus golpes virtuais de espada.

— E eu estou meio entediada — falou Akimi. — Vejo vocês dois mais tarde.

Kyle se virou para Miguel:

— Quais são as suas opções?

— Matar dragões ou alimentar os camponeses.

— Não há dúvida. Matar dragões.

— Tem certeza?

— Absoluta. Se você não o matar, o dragão vai matar os camponeses. Você mata o dragão e os camponeses se alegram. Camponeses sempre amam matadores de dragões.

— Certo. Se você está dizendo...

Miguel deu um golpe com sua espada. O cavaleiro na tela perfurou o couro do dragão com sua lâmina de aço.

O dragão animado soltou um gêiser de gás e murchou até se transformar em um monte de plástico enrugado.

— Ah, cara. Não era um dragão de verdade. Era um balãozão. Como no desfile da Macy's...

Uma multidão de camponeses armados com forcados veio correndo pela tela. E atacaram o cavaleiro de Miguel.

— Por que vossa senhoria não nos trouxe comida? — gritou o líder do exército de camponeses. — Morte ao patife egoísta e desonrado!

Kyle ouviu o inconfundível som de *FÓIN-FÓIN-FÓIN* de uma morte no videogame. O cavaleiro de Miguel levou um golpe de forcado na bunda e murchou até se transformar em um monte de pixels.

— Certo — disse Kyle. — Agora que sabemos o que *não* fazer, vamos jogar de novo e ganhar.

— Por que se importar? Não precisamos de Carlos Magno para nos dizer que somos campeões. Né?

Kyle sorriu:

— Com certeza.

Então os dois se cumprimentaram com um soquinho e cantaram a letra da sua canção favorita:

— *We are the champions, my friends...*

Na segunda-feira depois da virada do ano, Kyle estava esperando, tremendo, em seu ponto de ônibus.

O estado de Ohio fica muito frio e coberto de neve em janeiro.

Finalmente, o ônibus encostou e abriu a porta.

— Muito bem, *hel-lo* — falou a Sra. Logan, a motorista. — É outro Lemon-cel-lo!

Kyle sacudiu a cabeça. Motoristas de ônibus também assistiam a comerciais de TV.

— Bom dia, Sra. Logan — disse Kyle, subindo os degraus.

— Tenho uma adivinhação para você.

Desde que seu time ganhara o jogo da Biblioteca Lemoncello, *todo mundo* constantemente tentava derrubá-lo com adivinhações e quebra-cabeças.

— Manda ver — falou Kyle.

— Que duas coisas você nunca pode comer no café da manhã?

— Fácil: o almoço e o jantar.

A Sra. Logan balançou o braço na direção dele:

— Ah, droga, vá se sentar.

Kyle passou pelo corredor cumprimentando as pessoas até chegar ao seu habitual assento, ao lado de Akimi. Sierra estava sentada atrás de Akimi, seu nariz afundado em outro livro.

— O que você está lendo? — perguntou Kyle. — É o livro do *Bode que não é Bode*?

— Na verdade — falou Sierra —, estou *re*lendo *A fantástica fábrica de chocolate*, porque todo mundo sempre diz que o Sr. Lemoncello se parece com Willy Wonka. Só que o Sr. Lemoncello é muito mais bondoso.

— E ele não tem oompa-loompas — brincou Akimi.

— Ou Augustus Gloop — acrescentou Kyle.

— Na verdade — disse Akimi —, acho que Charles Chiltington era o nosso Augustus.

— Sério? — perguntou Sierra. — Ele me lembra mais a Veruca Salt.

Uau. Sierra fez uma piada. Ela tinha definitivamente se soltado desde que se juntou ao Time Kyle.

— Então — falou Akimi, depois que Kyle tirou sua capa de chuva —, sua avó te deu esse suéter de Natal?

— Como você adivinhou?

— Ele se parece com algo que você compra numa pet shop. Para um cachorro chamado Fofo.

— Acho que posso sumir com ele no meu armário hoje.

— Boa ideia.

— Hmm, com licença? — disse Alexa Mehlman, uma menina do sexto ano que se sentava do outro lado do corredor em relação à Kyle.

— Ei, Alexa — falou Kyle. — O que houve?

— Não quero incomodar...

— Não está incomodando. O que posso fazer por você?
— Bem, meu tio me deu *Quebra-Cabeças Fenomenais do Sr. Lemoncello* no Chanucá e não consigo solucionar um rébus.
— Deixe-me ver.
— A categoria é "slogans famosos" — disse Alexa, passando um quadrado de papelão para Kyle. Ele estava coberto com um monte de letras e pictogramas.

— A primeira palavra é "bibliotecários" — disse Akimi. — Bíblia com o O no lugar do A é BIBLIO. Então você junta

22

PETECA sem o PE e os RAIOS sem o A e acaba com BIBLIO + TECA + RIOS, ou, hum, "bibliotecários".

— Uau — falou Alexa. — Vocês são incríveis.

— Eu não — respondeu Sierra. — Não sou muito boa em jogos.

Ela mergulhou de volta em seu livro.

O ônibus passou por cima de um quebra-molas e entrou no estacionamento da escola.

— O senhor tem dez segundos para terminar o quebra-cabeça, Sr. Keeley — disse Akimi. — Vamos!

Kyle estudou o cartão novamente e o entregou de volta a Alexa:

— "Bibliotecários são guerreiros da liberdade intelectual."

— Incrível! — falou Alexa. — Eu sempre emperrava na balança. Eu achava que era justiça em vez de libra. Você é meu herói, Kyle Keeley!

Kyle sorriu. Era bom ser o herói de alguém.

Especialmente quando tudo o que ele tinha que fazer era jogar um jogo.

5

— Pessoal?

Miguel estava esperando por Kyle, Akimi e Sierra quando eles entraram pelo portão frontal da escola.

— Vocês têm que ver o que eu encontrei!

Ele os levou pelo corredor até a biblioteca. Miguel Fernandez era superentusiasmado com tudo, especialmente com bibliotecas. Por isso que era o presidente da Sociedade dos Assistentes de Biblioteca já há três anos.

— O que foi? — perguntou Kyle, enquanto eles entravam no centro de mídia. — Um novo número decimal Dewey ou algo assim?

— Não. Um novo grupo de amantes de livros espalhados nos Estados Unidos que não gostam de nós.

— O quê? — falou Akimi. — O que fizemos para não gostarem? Somos pessoas muito legais.

— Estão se perguntando por que *eles* não tiveram a chance de participar do jogo da biblioteca do Sr. Lemoncello.

— Hmm, porque eles não vivem aqui em Alexandriaville? — sugeriu Akimi.

— Apenas alunos do sétimo ano dessa escola estavam qualificados para entrar no concurso de redação para ganhar uma vaga para passar a noite na biblioteca — acrescentou Sierra.

Nos primeiros 12 anos de vida dos alunos do sétimo ano de Alexandriaville, centros de mídia das escolas eram as únicas bibliotecas que eles já tinham conhecido. A velha biblioteca pública, aquela que o Sr. Lemoncello amava quando era um menino crescendo na pequena cidade de Ohio, havia sido demolida para dar lugar a uma estrutura de concreto de vários andares usada como estacionamento.

— Eles só queriam estar no nosso lugar — disse Kyle. — Não dá para culpá-los, na verdade.

— É pior — falou Miguel. — Eles acham que poderiam ter nos *derrotado*.

Miguel gesticulou para que seus amigos o seguissem até as fileiras de terminais de computador.

— Eu estava pesquisando nossos nomes no Google de novo hoje de manhã e vários blogs e posts começaram a aparecer. Nenhum deles é muito simpático.

— Saudações, heróis! — falou a Sra. Yunghans, a bibliotecária da escola, que simplesmente *amava* saber que os mais famosos donos de cartões de biblioteca retiravam livros em sua biblioteca. — Não acreditem em todas essas coisas horríveis que as pessoas escrevem sobre vocês na internet. Só estão com inveja.

Kyle e seus companheiros de time se juntaram em volta de um monitor enquanto Miguel digitava no teclado.

— Vejam isso.

Eles estudaram os principais resultados para "Fuga da Biblioteca do Sr. Lemoncello".

— Eles precisaram de um dia inteiro para conseguir sair da biblioteca? — escreveu um blogueiro.

— Eu poderia ter feito aquilo em meio dia — comentou outro.

— Exijo uma revanche — falavam outros.

— Isso não é justo, Sr. Lemoncello.

— Exigimos uma chance!

— Pode *nos* colocar naquela biblioteca. Podemos derrotar o Time Kyle com um 612.97 amarrado nas costas.

— Esse é o número decimal Dewey mais próximo da palavra mão — explicou Miguel. — Na verdade, ele se refere à fisiologia regional das extremidades superiores.

— Uau — falou Kyle. — Que bando de nerds de biblioteca.

Miguel pigarreou, fazendo Kyle imediatamente complementar:

— Não que exista algo de errado com isso.

— Ai — falou Akimi. — Escutem essa aqui.

Ela clicou em um post em que até o assunto estava gritando em letras maiúsculas.

— "O TIME DE KEELEY SÓ VENCEU PORQUE ELES ROUBARAM!" — Leu ela em voz alta. — "O SR. LEMONCELLO ESTÁ MENTINDO DESCARADAMENTE PARA O MUNDO SOBRE O QUE REALMENTE ACONTECEU NAQUELE TERRÍVEL, MACABRO E ABOMINÁVEL DIA DO ÚLTIMO VERÃO. ELE DEVERIA SER COBERTO DE PICHE E PENAS E SER CARREGADO PARA FORA DA CIDADE MONTADO NUM PEDAÇO DE PAU."

— Isso é horrível — disse Sierra.

— Claro que é — respondeu Akimi. — Veja quem escreveu.

Ela apontou para a assinatura parcialmente anônima: "C.C." *Charles Chiltington.*

6

A Dra. Yanina Zinchenko, a mundialmente famosa bibliotecária, arrastava uma saca de correspondência volumosa até o lado mais afastado da Sala de Leitura da Rotunda, onde seu patrão, Luigi Lemoncello, voava para cima e para baixo em frente às estantes de livros de ficção de três andares.

— Estou procurando um bom livro — falou o Sr. Lemoncello, enquanto sua escaladora arrancava verticalmente, então dava uma guinada para o lado. — Mas não sei bem o que estou procurando.

As escaladoras eram plataformas flutuantes com corrimões, cestas de livros e travas de segurança como botas de esqui que o permitiam flutuar para apanhar qualquer livro que você quisesse simplesmente digitando o número de registro em um teclado computadorizado. O sistema funcionava com a mesma tecnologia de levitação magnética usada na Alemanha e no Japão para impulsionar trens com ímãs no lugar de rodas.

— Talvez eu possa ajudá-lo — disse a Dra. Zinchenko, com seu sotaque russo carregado. — O senhor tem o número de registro?

— Não há necessidade — respondeu o Sr. Lemoncello, rindo. — Eu queria fazer um teste da nossa nova função de "navegação".

Depois de vários clientes reclamarem que a exigência da escaladora por um código específico de um livro eliminava a possibilidade de eles livremente examinarem as estantes, os imaginadores da empresa de jogos do Sr. Lemoncello criaram novas escaladoras aperfeiçoadas, que traziam um botão de navegação.

Quando você o apertava, a escaladora se movimentava aleatoriamente em frente às estantes, usando uma tecnologia avançada de bioretroalimentação, monitores de frequência cardíaca e algorítimos complexos para descobrir em que tipo de história você poderia estar interessado.

— Mas temos um assunto muito importante para discutir.

A Dra. Zinchenko apontou para a saca de correspondência do tamanho de uma mochila de viagem superlotada.

— Oh, não. Um A.M.I.? Não sei se tenho o vigor para um A.M.I..

— Também temos visitantes...

— Visitantes e um A.M.I.? Cuidarei dos dois assuntos assim que terminar de navegar.

— Sr. Lemoncello? — berrou uma voz abaixo.

Ele olhou para baixo e viu uma mulher vestida muito adequadamente cercada por seis outras mulheres vestidas muito adequadamente e um homem vestido adequadamente com uma gravata borboleta.

— Já irei até vocês! — gritou o Sr. Lemoncello, enquanto sua escaladora se debatia contra a parede de livros como uma bola de pingue-pongue descontrolada. — Estou ocupado navegando.

— Meu nome é Susana Chiltington — falou a senhora como se cantasse uma ópera. — Sra. Susana *Willoughby* Chiltington.

— *Oh! Susana. Não chores por mim. Os médicos falaram que não preciso voltar pro Alabama pra tocar meu banjo assim.*

A Sra. Chiltington não entendeu a referência.

— Talvez o senhor tenha ouvido falar do meu irmão — disse ela. — O bibliotecário-chefe da Biblioteca do Congresso. James F. Willoughby Terceiro.

— O que aconteceu com os dois primeiros?

— Como assim?

— Deixe para lá. Acabei de navegar. Leve-me para baixo, Capitão Cueca.

A escaladora delicadamente levou o feliz bilionário até o chão.

— Agora, então, como posso ajudá-la, Duquesa Susana Willoughby Chiltington Terceiro, Ilustríssima, Ph.D.?

— Não sou uma... Ah, deixe para lá. Meus colegas e eu representamos a recém-formada Liga dos Amantes de Bibliotecas Preocupados. Winthrop?

O cavalheiro com a gravata borboleta abriu uma pasta de couro:

— Como uma biblioteca pública, Sr. Lemoncello, essa instituição necessita de um conselho de administração para supervisionar suas finanças e defender sua missão.

A Sra. Chiltington soltou uma pequena risada desdenhosa:

— É bastante habitual.

— Assim como torta de abóbora no Dia de Ação de Graças, mas prefiro de abacaxi e ruibarbo — respondeu o Sr. Lemoncello.

— Como amantes de bibliotecas preocupados — falou o cavalheiro, brandindo um documento volumoso —, estamos aqui hoje para oferecer nossos serviços.

O Sr. Lemoncello ignorou o homem e se concentrou na Sra. Chiltington.

— A senhora é mãe de Charles, não é?

— De fato.

Ela fungou e arrumou suas roupas para se assegurar de que todos os vincos estivessem alinhados precisamente da forma como deveriam estar.

— Posso humildemente sugerir, Sra. Chiltington, que sua considerável preocupação poderia ser mais bem gasta com seu filho em vez de com a minha biblioteca? Agora então, Dra. Zinchenko, acredito que tenhamos um assunto muito importante para discutir, não é mesmo?

— Sim, senhor.

O Sr. Lemoncello caminhou até a parede de estantes de livros e inclinou para trás a cabeça de um busto de mármore de Andrew Carnegie, revelando um botão vermelho escondido em seu pescoço.

— Sr. Lemoncello? — gorjeou a Sra. Chiltington. — Uma biblioteca pública requer supervisão pública... guardiões que protegerão o bem-estar e a estabilidade da instituição.

— Eu sei! Venho pensando sobre isso há meses. Também venho pensando sobre o almoço há quinze minutos. Agradeço seu tempo e preocupação.

Ele apertou o botão vermelho.

Um segmento das estantes de livros do tamanho de uma porta se abriu lateralmente. O Sr. Lemoncello e a Dra. Zinchenko desapareceram com a saca de correspondência por um corredor mal iluminado. A estante se fechou com força atrás deles.

— Sr. Lemoncello? — gritou a Sra. Chiltington para eles. — Dra. Zinchenko?

Ela batucou em uma fileira de livros como se estivesse batendo a uma porta.

— Sr. Lemoncello!

Um segurança corpulento — talvez com mais de um metro e noventa, 115 quilos, cabelo em longos dreadlocks pegajosos — apareceu atrás dela.

— Senhora? Terei que pedir que se retire da biblioteca se a senhora continuar socando os livros.

A Sra. Chiltington deu meia-volta.

— Não estou... Oh, deixe para lá.

Ela olhou para o crachá do guarda:

— Clarence?

— Sim, senhora.

— Bem, Clarence, não se preocupe. Estamos indo embora. Mas gentilmente informe o Sr. Lemoncello de que retornaremos.

— Maravilha — falou Clarence. — O Sr. Lemoncello adora quando as pessoas voltam para visitar sua biblioteca.

A Sra. Chiltington ofereceu um sorriso gelado a Clarence:

— Aposto que sim. E, na próxima vez, viremos em maior número!

7

No começo da segunda semana de janeiro, cada membro do Time Kyle recebeu um envelope espesso na caixa de correio. Quando abriram, encontraram um convite impresso:

**ESPLENDOROSAS SAUDAÇÕES
E FELICITAÇÕES!**

VOCÊ E SUA FAMÍLIA ESTÃO POR ESTE MEIO
CORDIALMENTE CONVIDADOS PARA O
ANÚNCIO DE MINHAS ESTUPENDAS
NOVAS NOVIDADES.

SEXTA-FEIRA À NOITE
QUE TAL POR VOLTA DE 7 HORAS?

NA SALA DE LEITURA DA ROTUNDA DA
BIBLIOTECA LEMONCELLO

> GULOSEIMAS SERÃO SERVIDAS, INCLUINDO BOMBONS DE CEREJA.
>
> E *TEREMOS* BALÕES.
>
> ---
>
> SAUDAÇÕES,
> LUIGI L. LEMONCELLO

Na sexta-feira à noite, Kyle e sua família entraram em seu carro e seguiram em direção ao centro da cidade para a biblioteca.

— Não é o máximo? — falou a mãe de Kyle. — Eu devia ter assado um bolo.

— Alguma ideia sobre qual é o grande anúncio? — perguntou seu pai.

— Nenhuma pista — respondeu Kyle. — Mas estamos esperando que o Sr. Lemoncello nos peça para estrelar mais comerciais de TV.

— Por favor, não — gemeu o irmão de Kyle, Mike. — Você já está convencido demais.

Flocos de neve rodopiavam nos feixes embaçados de luz que inundavam a frente do prédio abobadado que fora um banco até o Sr. Lemoncello transformá-lo em uma biblioteca. Kyle notou vários caminhões de transmissão de TV ocupando as vagas junto ao meio-fio.

— É melhor você entrar lá, Kyle — falou seu pai. — Nós vamos procurar um lugar para estacionar.

— Divirta-se! — acrescentou sua mãe.

Kyle subiu em disparada os degraus de mármore e entrou no saguão da biblioteca.

Miguel e Sierra estavam esperando por ele perto da estátua em tamanho real do Sr. Lemoncello empoleirada sobre um canteiro de vitórias-régias em um espelho d'água. A cabeça da estátua estava inclinada para trás para que o Sr. Lemoncello de bronze pudesse jorrar um arco de água de sua boca como se fosse um bebedouro humano. Seu lema estava gravado no pedestal da estátua:

O CONHECIMENTO QUE NÃO É DIVIDIDO PERMANECE DESCONHECIDO.

— LUIGI L. LEMONCELLO

— Ei, Kyle! — exclamou Miguel. — Aqui está lotado. Todo mundo foi convidado! Todos os doze competidores originais.

— Incluindo Charles Chiltington? — perguntou Kyle.

— Ele não apareceu.

— Espero que Andrew Peckleman também não apareça — disse Sierra, com um leve calafrio.

Peckleman tinha sido aliado de Chiltington no jogo da fuga e enganado Sierra, roubando seu cartão de biblioteca para espionar o Time Kyle.

— Ele com certeza foi convidado — falou Miguel. — Mas não vem. Desde que foi expulso do jogo, Andrew não gosta de bibliotecas. Inclusive deixou de ser assistente na biblioteca da escola.

— Isso é triste — disse Sierra.

— Pessoal — falou Akimi, vinda da Sala de Leitura da Rotunda —, tem todo tipo de equipe de noticiários de TV lá dentro. Incluindo aquele repórter da CNN.

— Qual deles?

— O cara do cabelo.

— E tem comida do Café Cantinho Literário — disse Miguel. — *Muita* comida.

— Então por que estamos aqui? — perguntou Kyle. — Vamos lá.

Os quatro amigos passaram apressados por debaixo do arco que levava até a vasta Sala de Leitura da Rotunda, que estava lotada. Cachos de balões de cores vivas estavam amarrados às luminárias com suas cúpulas verdes sobre as mesas de leitura. Alto-falantes com som surround escondidos tocavam uma heroica fanfarra de metais.

Sobre suas cabeças, a Cúpula das Maravilhas era uma exibição bruxuleante das cinquenta bandeiras dos estados balançando contra um céu azul sem nuvens, onde, por alguma razão, um casal muito musculoso com robes antigos andava de carruagem de um lado para o outro do teto curvo como se fosse um cometa puxado por cavalos. Eles faziam Kyle se lembrar dos deuses gregos saídos diretamente dos livros de Percy Jackson.

— Uau — falou Miguel. — Vocês acham que Rick Riordan vai estar aqui? Isso seria incrível!

Toda a ação animada era exibida em dez telas de vídeo triangulares de alta definição — tão iluminadas quanto o placar de qualquer arena esportiva. Elas cobriam a parte de dentro do colossal teto de catedral do prédio como fatias brilhantes de torta. Cada tela podia exibir imagens individuais ou se juntar com as outras nove para criar uma apresentação espetacular.

— Caramba — exclamou Akimi. — Vejam as estátuas. Elas estão praticamente sem roupas.

— E — falou Sierra — parece que elas são feitas de mármore.

— Certo — disse Akimi. — Mármore *transparente*.

Aconchegadas debaixo das dez telas da Cúpula das Maravilhas em nichos arqueados estavam dez estátuas em 3D irradiando um verde fantasmagórico. Hologramas.

— Elas todas me lembram de Hércules — falou Kyle, observando o atordoante conjunto de lutadores, lançadores de dardos e discos e corredores musculosos. — A não ser aquela moça com o cavalo.

— Acho que aquela é uma princesa espartana chamada Cinisca — disse Sierra, que também lia um monte de livros de história. — Ela venceu a corrida de carruagem de quatro cavalos em 396 a.C. E outra vez em 392 a.C. No que chamamos de Jogos Olímpicos da Antiguidade.

Akimi arqueou uma sobrancelha:

— Tem certeza de que ela não é aquela garota de *A menina que amava cavalos selvagens*?

Sierra riu:

— Absoluta!

— Esplendorosas saudações e felicitações para todos! — A voz do Sr. Lemoncello saía dos alto-falantes enquanto os trompetes terminavam a fanfarra. — Obrigado por se juntarem a nós essa noite. Agora está na hora do meu enorme, colossal e descomunal anúncio!

Kyle prendeu a respiração e cruzou os dedos.

Realmente esperava que ele e seus amigos fossem estrelar mais comerciais.

Ser famoso era divertido.

E até que também era fácil.

Círculos flamejantes de luz forte requebravam na sacada do segundo andar para brilhar sobre o Sr. Lemoncello.

Com os refletores o seguindo, ele caminhou rapidamente até a escada em espiral mais próxima, deslizou pelo corrimão e aterrissou com um impressionante salto mortal para trás. Quando os saltos de sua bota tocaram o chão, eles cacarejaram como uma galinha e então mugiram como uma vaca.

— Dra. Zinchenko? Faça o favor de me lembrar de nunca mais pedir para o Velho MacDonald me emprestar botas.

O Sr. Lemoncello estava vestindo um uniforme chamativo em azul e vermelho da Guerra da Independência dos Estados Unidos com um colarinho franzido e uma capa. Um chapéu tricórnio com uma pluma completava o traje. Ele tirou do bolso uma sineta de bronze e a tocou. Alto.

— Bem-vindos, meninos e meninas, famílias e amigos, membros estimados da imprensa.

O Sr. Lemoncello sorriu para todas as câmeras de televisão apontadas para ele.

— Clarence? Clement? — Ele tocou sua sineta mais algumas vezes. — Por favor, tragam a correspondência de hoje.

Clarence e Clement, os gêmeos musculosos que chefiavam a segurança da Biblioteca Lemoncello, entraram marchando na Sala de Leitura da Rotunda rodeados por seis carrinhos robóticos carregados com caixotes de correspondência do Serviço Postal dos Estados Unidos.

— Dra. Zinchenko? Quantos e-mails recebemos sobre esse mesmo assunto?

A Dra. Zinchenko consultou o smartphone muito avançado preso ao cós da calça de seu terno vermelho:

— Perto de um milhão, senhor.

— Um milhão? — O Sr. Lemoncello tremeu. — E isso é apenas o triste começo. Mas não há nada com que se preocupar, pois descobri o final feliz! Vejam bem, colegas amantes de bibliotecas, crianças de todo esse maravincrível país estão ansiosas para provar que *elas* são campeãs bibliófilas também. Assim sendo, ah, sim, ah, sim, escutem só, escutem só.

Kyle tapou seus ouvidos. O Sr. Lemoncello estava tocando sua sineta alucinadamente.

— Que a notícia se espalhe de Alexandriaville para todos os cinquenta estados. Eu, Sr. Luigi L. Lemoncello, extraordinário mestre criador de jogos, estou orgulhoso em anunciar uma série de jogos que reacenderá o espírito e a glória dos Jogos Olímpicos da Antiguidade disputados, um dia, em Olímpia, aquela na Grécia, não a capital de Washington. Portanto, proclamo o início das primeiras

Olimpíadas da Biblioteca! Uma competição que descobrirá, de uma vez por todas, quem são os verdadeiros campeões da biblioteca dessa doce terra da liberdade. Dra. Zinchenko?

— Sim, Sr. Lemoncello?

— Faça o favor de convidar sua rede de habilidosos bibliotecários em todo o país a organizar competições regionais.

— Imediatamente, senhor.

— Ah, isso pode esperar até amanhã. Eu, obviamente, pagarei por tudo, incluindo os salgadinhos.

— Claro, senhor.

— Tragam-me seus melhores e mais brilhantes ratos de biblioteca, pesquisadores e jogadores. Nossa primeira Olimpíada da Biblioteca deve começar no dia 29 de março. Os antigos gregos tinham seus jogos de verão, então usaremos o primeiro dia da primavera.

— Quantos membros deve haver em cada time? — perguntou a Dra. Zinchenko, que estava furiosamente fazendo anotações em seu tablet.

— Cinco — respondeu o Sr. Lemoncello —, o mesmo número do Time Kyle. Os heróis da nossa cidade podem se considerar oficialmente convidados para essas Olimpíadas da Biblioteca, em que defenderão sua coroa, que, para manter as coisas gregas e elegantes, serão feitas de ramos de oliveira.

Kyle engoliu em seco.

Outra competição?

Contra os maiores nerds de biblioteca do país?

Ele não estava gostando nada daquilo. Gostava de ser um campeão e de continuar sendo um campeão.

— Hmm, senhor? — falou Miguel, erguendo a mão.

— Sim, Miguel?

— Haley Daley se mudou para Hollywood. Só temos quatro.

— E quanto a Andrew Peckleman? — perguntou o Sr. Lemoncello. — Ele só trapaceou no primeiro jogo porque alguém que deve permanecer anônimo o obrigou àquilo.

O Sr. Lemoncello fingiu tossir, mas sua tosse soava muito como *"Ch-arles Ch-iltington"*.

— Andrew não vai participar — disse Miguel. — Ele diz que odeia bibliotecas.

— Ah, não. Bem, certamente devemos trabalhar para mudar isso. Por enquanto, ficaremos com *quatro* membros em cada time. Exatamente como os quatro cavalos puxando a carruagem daquela moça espartana chamada Cinisca.

Sim, pensou Kyle. *Sierra estava certa. De novo.*

— Assim que encontrarmos nossos outros atletas olímpicos da biblioteca — falou o Sr. Lemoncello —, nós os traremos até Alexandriaville e começaremos nosso Dodecatlo.

— O seu o quê? — perguntou Akimi.

— Dodecatlo. É como um decatlo, só que com *doze* jogos em vez de dez.

— Por que doze? — perguntou Kyle, que já estava tentando calcular quantos jogos seu time precisaria ganhar para manter o título.

— Porque "dodecatlo" soa como Dewey Decatlo, se você falar muito rápido com a boca cheia de confeitos de chocolate, você não concorda?

— Sim, senhor.

— Bom — falou o Sr. Lemoncello, erguendo sua sineta e fazendo uma pose heroica. — Os quatro membros do time vencedor receberão uma bolsa de estudos integral para a universidade que escolherem.

A plateia aplaudiu. Alguns pais até assoviaram.

— Está certo. Isso é muito digno de assovios. Os vencedores receberão quatro anos de mensalidades pagas, mais alojamento, alimentação e livros grátis. Muitos e muitos livros. Agora me tragam meus campeões!

9

A Dra. Zinchenko começou o trabalho com seus colegas bibliotecários amantes de livros e jogos em todos os cinquenta estados.

O país foi dividido em sete regiões: Meio-oeste, Nordeste, Meio-atlântico, Sudeste, Sudoeste, Montanha e Pacífico. Como as Olimpíadas da Biblioteca aconteceriam para ver se algum time poderia destronar as estrelas dos comerciais de fim de ano do Sr. Lemoncello, apenas crianças no ensino fundamental II, como os quatro membros do Time Kyle, poderiam participar.

Ao longo de janeiro e fevereiro, milhares de competidores ávidos migraram para suas bibliotecas locais para participar do mesmo tipo de caça ao tesouro no sistema decimal Dewey que tinha sido o coração da fuga da Biblioteca do Sr. Lemoncello.

Em Decatur, Georgia, uma garota chamada Diane Capriola avançou às semifinais do Sudeste quando conseguiu descobrir como sair de uma biblioteca pública de Atlanta-

-Fulton County antes de todos os outros ao solucionar um enigma: "O que ocorre uma vez por minuto, duas vezes a cada momento, mas nunca em quinhentos anos?"

— A resposta, obviamente, é a letra "M" — contou Diane aos repórteres de TV locais. — Então fui até a seção de referência, abri o volume "M" da enciclopédia e... *voilá*... lá estava uma chave para a porta dos fundos escondida! Quando pisei na calçada do lado de fora, os bibliotecários estavam esperando com balões e bolo. Foi moleza!

Na Califórnia, um garoto chamado Pranav Pillai se tornou finalista do Time do Pacífico depois de decifrar corretamente que 683.3, o código decimal Dewey para *O grande livro de cadeados, trancas e travas de Louie, o chaveiro*, era também a combinação da fechadura que protegia a saída da Biblioteca Pública de Los Altos: 6-direita, 8-esquerda, 3-direita, 3-esquerda.

Mas a competidora sobre a qual os bibliotecários mais estavam comentando era Marjory Muldauer, de Bloomfield Hills, Michigan. Aluna do sétimo ano, magra e trinta centímetros mais alta do que qualquer um de seus adversários, Marjory Muldauer tinha decorado as dez categorias do sistema decimal Dewey antes de entrar na educação pré-escolar.

Os livros em seu quarto eram todos organizados por códigos numerados. Assim como os temperos nos armários da cozinha de sua mãe. E os potes de comida de bebê cheios de pregos e parafusos na garagem de seu pai.

Marjory gostava de organizar coisas.

Sabia se mover por uma biblioteca melhor do que os carrinhos robóticos do Sr. Lemoncello. Ela lia seis livros por dia e conseguia fazer duas palavras cruzadas ao mesmo tempo — com uma caneta esferográfica.

— Fico feliz com o fato de o Sr. Lemoncello ter lido minhas várias cartas e ter lançado essas Olimpíadas da Biblioteca — disse Marjory a uma repórter do jornal de sua cidade natal. — Realmente preciso daquela bolsa de estudos que ele está oferecendo. Também fico feliz com o fato de as bibliotecas em que competi até o momento terem baseado suas caças ao tesouro nas lindas técnicas de pesquisa antiquadas. É uma pena que tantas das crianças que se inscreveram para a competição vejam esses jogos como algum tipo de festa.

— O que você quer dizer com isso? — perguntou a repórter.

— O Sr. Lemoncello insiste que todos recebam balões e bolo. Bolo não tem lugar numa biblioteca. A cobertura é grudenta. Dedos grudentos danificam livros.

— Mas o Sr. Lemoncello também é um grande amante de bibliotecas.

— É mesmo? — perguntou Marjory, de forma cética. — Não acho que o Sr. Lemoncello ama bibliotecas *qua* bibliotecas.

— Hein? — falou a repórter. — O que "qua" quer dizer?

— "Como". É latim. O Sr. Lemoncello não ama bibliotecas *como* bibliotecas. Ele acha que elas precisam ser incrementadas com engenhocas, bugigangas e painéis holográficos. Aquela biblioteca em Ohio me faz pensar na Disneylândia com alguns livros. Acho que o Sr. Lemoncello é muito imaturo. Provavelmente ainda acredita em 398.2.

— Hein?

A repórter estava novamente confusa.

— Três nove oito ponto dois! — falou Marjory. — É o número decimal Dewey para contos de fadas.

A repórter apenas balançou a cabeça e fechou seu bloco. Marjory Muldauer tinha aquele efeito nas pessoas.

— Espere — disse Marjory à repórter. — Não terminei. Lembre-se de escrever isso: "Kyle Keeley? Você não tem a menor chance!"

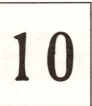

— Andrew era seu amigo — disse Kyle a Miguel. — Talvez você possa convencê-lo a ficar no meu lugar.

Kyle e Miguel estavam na cantina, esperando que Sierra e Akimi se juntassem a eles para seu encontro diário do time, algo que vinham fazendo desde que o Sr. Lemoncello anunciara a ideia das Olimpíadas da Biblioteca em janeiro.

— De jeito nenhum, cara — respondeu Miguel. — Precisamos de você.

— Não precisam nada.

— Você é o nosso líder. *El capitán*.

— Mas não deveria ser. Claro que sei jogar jogos. Mas, de qualquer forma, não sou ótimo em toda essa coisa de biblioteca.

— E eu não sou muito bom em jogos — disse Miguel. — E não li nem metade dos livros que a Sierra leu. E não chego nem perto de ser tão inteligente quanto a Akimi. O time precisa de todos nós, cara.

— Mas você viu alguns desses garotos nas competições regionais? Eles são incríveis.

— Sim. Aquela garota Marjory lá de Michigan com certeza vive entre estantes de livros.

— É por isso que vocês precisam de Andrew Peckleman. Ele era seu braço-direito no esquadrão da biblioteca.

— Já disse: desde que foi chutado do jogo da fuga, Andrew não gosta de bibliotecas. Além disso, ele não pode praticar conosco depois da escola, porque tem um novo emprego.

— Que tipo de emprego? — perguntou Kyle.

— Está trabalhando durante as tardes e fins de semana no hotel que abriu mês passado do outro lado do Liberty Park. Algum parente distante que Andrew e seus pais nem sabiam que tinham é o dono do lugar. Um tio-avô afastado ou algo assim. Ele contratou o Andrew.

— Apesar de ele ter só 12 anos?

Miguel encolheu os ombros:

— Acho que, quando é na família, é diferente.

— O que o Andrew faz?

— Varre. Garante que a máquina de gelo não entupa. Enche os comedouros dos pássaros.

— Comedouros dos pássaros?

— Bem, o tio de Andrew adora pássaros. Ele inclusive deu ao seu hotel o nome de Pousada do Gaio Azul. Vamos lá. Esqueça o Andrew. Estamos contando com *você*.

Esse era o problema. Kyle não queria decepcionar seus amigos. E ele tinha lido a entrevista de Marjory Muldauer no site do jornal local.

Ela estava mirando em Kyle.

Kyle queria *tanto* poder trocar de lugar com Andrew, mesmo que isso significasse varrer alpiste.

Ele não tinha contado a nenhum dos seus companheiros de time, mas nas seis semanas desde que o Sr. Lemoncello tinha anunciado seus Jogos Olímpicos da Biblioteca, Kyle sentia uma vibração nervosa em seu estômago toda vez que jogava um jogo de tabuleiro contra seus irmãos ou desvendava uma adivinhação disparada em sua direção por um motorista de ônibus escolar.

A pressão era constante.

Especialmente porque ele estava em uma espécie de sequência de derrotas — algo que não tinha contado a Miguel, Akimi ou Sierra. Ele não tinha derrotado seus irmãos na noite de jogos da família *nem uma vez* desde janeiro. Kyle tinha até perdido para sua mãe na versão para tabuleiro do jogo da Fuga da Biblioteca do Sr. Lemoncello. E Miguel estava jogando com Kyle daquela vez. É verdade, Miguel tinha dado um conselho ruim a Kyle. (*Flubber* é o nome de um filme da Disney estrelado por Robin Williams, não um livro de Judy Blume, que seria *Blubber*.) Mas tinha sido Kyle a dar a resposta errada.

O primeiro jogo na biblioteca do Sr. Lemoncello tinha sido mais como uma caça ao tesouro, algo em que Kyle era bom. Mas esses novos Jogos Olímpicos seriam sobre assuntos sérios de bibliotecas, e Kyle estaria jogando contra alguns verdadeiros ratos de biblioteca.

Akimi e Sierra entraram na cantina vazia.

— Ei, pessoal — falou Akimi. — Desculpem pelo atraso.

— Akimi estava me ensinando a jogar aquele novo videogame da Lemoncello em que você esmaga todas aquelas jujubas de cores diferentes com uma marreta — disse Sierra. — Cheguei ao nível três.

Kyle balançou a cabeça:

— *Jiu-jitsu Jelly Jam*.

Ele não mencionou que já tinha chegado ao nível 53. Amigos não se gabam para amigos.

— Então, o que vamos fazer hoje? — perguntou Akimi. — Mais rébus? Treino de sistema decimal Dewey?

— Antes de tudo, uma coisa — falou Miguel, apontando o polegar para Kyle. — Nosso líder destemido aqui está amarelando.

— Cuma? — perguntou Akimi.

— Kyle quer sair.

— Eu não disse que queria sair, Miguel.

— Certo. Só disse que não queria mais fazer parte do time. Que queria que Andrew Peckleman ficasse no seu lugar.

— O que — falou Akimi — basicamente quer dizer que você quer sair.

— Não sou do tipo que desiste — disse Kyle.

— Hmm, se desistir, sim, você é — falou Akimi. — Sierra, corrija-me se eu estiver errada.

— Sinto muito, Kyle — disse Sierra. — Essa é a definição de "o tipo que desiste", com certeza. Uma pessoa que desiste ou abandona facilmente, especialmente diante de alguma dificuldade ou perigo.

— BUM — falou Miguel. — A Sierra mandou o quatro dois três sobre pessoas que desistem.

Kyle estava confuso:

— O quê?

— O quatro dois três — respondeu Akimi. — É onde você pode sempre encontrar um dicionário de inglês padrão em uma biblioteca.

— Ah — falou Kyle. — Não sabia disso.

— Isso estava no material de estudo da semana passada — disse Miguel.

— Certo. Sinto muito. Acho que deveria ter estudado aquilo.

— Bem, dã... — disse Akimi. — É por isso que chamamos de material de *estudo*.

Kyle fingiu rir, mas bem no fundo ele sabia a verdade: por mais que se esforçasse, nunca seria capaz de vencer cada um dos jogos que jogasse pelo resto de sua vida. Às vezes as cartas e os dados e as perguntas não ajudam. Cada chance de vitória era também uma chance de derrota.

Ele não tinha lugar em nenhuma Olimpíada da Biblioteca.

Inspirado no tema das "Loucuras de Março" do campeonato de basquete universitário americano, o Sr. Lemoncello declarou que o primeiro sábado de março seria o "Dia Lunático da Biblioteca".

Estava na hora de cada uma das sete regiões fazer seus cortes mais difíceis e escolher os quatro membros de seu time para as Olimpíadas da Biblioteca.

Às duas da tarde, horário da costa leste (onze da manhã na costa oeste), o Sr. Lemoncello em pessoa se dirigiu a todos os competidores através de uma videoconferência. Ele usava uma camisa amarela brilhante com uma gravata com corte personalizado no formato de um violoncelo.

— Energéticas e esplendorosas congratulações por terem chegado tão longe na competição. Eu gostaria de poder convidar cada um de vocês *mais* todas as outras pessoas nos Estados Unidos para os meus primeiros Jogos Olímpicos da Biblioteca, mas, infelizmente, as regras do corpo de bombeiros de Ohio não permitem uma ocupação de mais de 325 milhões de pessoas, mesmo que sejam todas mulherzinhas. Boa sorte! Divirtam-se! E, lembrem-se, livros são os verdadeiros cafés da manhã dos campeões! Vocês podem devorá-los. Mas, por favor, não os comam. Obrigado.

Na Califórnia, onde todos os 16 finalistas eram ratos de biblioteca, Sarah Trager Logan, a bibliotecária encarregada, sabia que o trabalho em equipe seria crucial para a vitória dentro da Biblioteca Lemoncello. Por isso fez com que todos os 16 finalistas participassem de um exercício de carrinho de livros sincronizado. A prova foi julgada pelas mesmas celebridades de Hollywood que julgavam programas de dança na TV.

No Colorado, os quatro membros do time da Montanha seriam os quatro primeiros estudantes que conseguissem solucionar o último enigma. Todos os principais competidores receberam uma folha de papel com o seguinte parágrafo impresso:

AS QUATRI PESSOAS QUE LEPRESENTARÃO VODOS OS BIBLIUTECÁRIOS DOS CRANDES E HETOICOS ESTIDOS DAS GAMOSAS MONTANHAS SABEM DE UMA COUSA SOBRE QUELQUER COISA EMPRESSA NUN SIMCLES SISTEMA DE CATÁLIGO DE CARTÕES. SEM ELE, USUÁNIOS DE BIBLIODECAS ESTERIAM SIMPLESMENTE PERDIDOS.

Eram tantos erros que a maior parte dos competidores não sabia o que aquilo significava, o que deveriam fazer ou por que os juízes não tinham revisado o parágrafo antes de distribuí-lo.

Mas os quatro finalistas sabiam que os erros *eram* o código secreto.

Ao escrever as letras que deveriam estar onde estavam as letras erradas, chegaram a uma simples lição sobre os catálogos de cartões de biblioteca:

ORTOGRAFIA IMPORTA.

Em San Antonio, Texas, a prova final foi um novo e muito complicado passatempo rébus.

— A categoria é "citações famosas" — disse Cynthis Alaniz, a bibliotecária que treinaria o time do Sudoeste. Boa sorte!

— Neil Gaiman

Os oito finalistas escreveram suas respostas o mais rápido que puderam. Quando terminaram, abaixaram seus lápis e balançaram sinetas de hotel amarelas.

Os quatro que completaram a adivinhação mais rápido acertaram em cheio: "O Google pode lhe dar cem mil respostas. Um bibliotecário pode lhe dar a resposta certa."
— Neil Gaiman.

Marjory Muldauer, que gabaritara todos os testes e jogos de que tinha participado ao longo das oito primeiras rodadas da competição regional, estava em Madison, Wisconsin, para as finais do Meio-oeste.

E estava se sentindo invencível.

Nas quartas de final, ela jogou um jogo de primeiras frases em velocidade.

Um bibliotecário estava sobre um pódio e lia o que estava escrito em cartões. Os competidores tinham que apertar uma campainha como se estivessem em um programa de auditório.

— "Onde papai está indo com aquele machado?" — falou o bibliotecário.

Marjory bateu com seu punho antes dos outros.
BUZZ!
— *A menina e o porquinho*, de E. B. White!
— Correto. "Toda criança, exceto uma, cresce."
Marjory apertou o botão.
BUZZ!
— *Peter Pan*, de J. M. Barrie!
— Correto. "À luz do..."
BUZZ!
Marjory não esperou até o bibliotecário terminar.
— *Uma lagarta muito comilona*, de Eric Carle.
— Correto. "A Sra. Rachel..."
BUZZ!
— *Anne de Green Gables*, de L. M. Montgomery.

Os outros competidores não tiveram a menor chance.

Para garantir seu lugar no time de quatro pessoas, Marjory competiu contra cinco outros finalistas em um último desafio do sistema decimal Dewey.

— Escrevam o número decimal Dewey para "liberdade de expressão" — falou Tabatha Otto, uma bibliotecária de Lincolnshire, Illinois.

Dois competidores começaram a chorar.

Três escreveram a mesma resposta: 323.44.

— Muito bom — disse a bibliotecária.

— Mas não bom o suficiente — falou Marjory. — É que 323.44 é o número de registro para "liberdade de ação", também conhecido como livre. Mas 323.443 seria "liberdade de expressão".

E era isso o que ela tinha escrito em seu cartão.

Marjory Muldauer era boa.

Assustadoramente boa.

12

No dia 18 de março, dois dias antes do que estava previsto como o início dos Jogos Olímpicos da Biblioteca, a Sra. Yunghans, bibliotecária da escola, mostrou ao Time Kyle um vídeo viral da brilhante performance de Marjory Muldauer nas finais do Meio-oeste.

— Uau — falou Akimi.

— Caramba — acrescentou Miguel. — Ela é incrível.

— Ela também é muito alta — disse Akimi. — Parece um louva-deus.

— Ela parece meio triste — falou Sierra.

Kyle não disse uma palavra.

Aquela era a gota d'água.

Vendo Marjory Muldauer em ação, assistindo enquanto ela adivinhava primeiras frases de livros com apenas uma ou duas palavras como pista, Kyle soube que não teria nenhuma chance. Não contra aquele tipo de competição. A garota conhecia os códigos decimais Dewey até a casa dos milhares. Kyle ainda não sabia bem nem o que o "quatro dois três" significava.

Além disso, a Biblioteca Lemoncello estava fechada havia uma semana. Misteriosos imaginadores do quartel-general do Sr. Lemoncello em Nova York tinham vindo a Alexandriaville para fazer o que o jornal local chamou de "algumas pequenas alterações". Eles vinham trabalhando dentro do prédio trancado sob a supervisão da Dra. Zinchenko, adicionando surpresas para os Jogos Olímpicos.

Surpresas que Kyle sabia que iriam confundi-lo totalmente.

Ele entraria na Biblioteca Lemoncello como um campeão e sairia como um panaca. Não haveria mais dias de bolo.

O problema não era exatamente o fato de Kyle ter medo de perder (apesar de ter). Ele não queria ser a razão para que todos também perdessem.

— Que tipo de novas geringonças e bugigangas vocês acham que o Sr. Lemoncello acrescentou à biblioteca? — perguntou a Sra. Yunghans.

— É ultrassecreto — falou Miguel.

— Ninguém sabe — acrescentou Akimi.

— Provavelmente nem mesmo o Sr. Lemoncello — disse Sierra.

Mais uma vez, Kyle permaneceu em silêncio.

— Acho que tudo o que podemos fazer agora para nos preparar é ler mais livros — falou Miguel.

Mas os livros teriam que vir do centro de mídia da escola. Na semana em que a biblioteca estava fechada para suas "alterações", ninguém poderia retirar livros, o que deixou a Liga dos Amantes de Bibliotecas Preocupados muito irritada.

— Uma biblioteca pública deveria servir *ao público* — disse a mãe de Charles Chiltington no rádio e na TV. — Não os caprichos de um bilionário excêntrico.

Felizmente, ninguém em Alexandriaville dava muita atenção à Sra. Chiltington e ao seu grupo. As pessoas estavam animadas demais com a chegada das Olimpíadas da Biblioteca. Todos os hotéis locais acenderam suas placas de néon com os dizeres "Não há vagas". Restaurantes contratavam mais gente para suas equipes. A ideia maluca do Sr. Lemoncello foi uma dádiva econômica para toda a cidade.

A cerimônia de abertura estava marcada para o primeiro dia da primavera, 20 de março. Os doze jogos do dodecatlo começariam no dia 21 e durariam seis dias (dois jogos por dia). A cerimônia de encerramento aconteceria no sétimo dia.

O público foi convidado a comparecer e assistir. De graça. Os jogos também seriam transmitidos em muitas estações da PBS, no canal a cabo Book Network e pela NPR.

Isso significava que todo mundo nos Estados Unidos seria capaz de assistir e/ou escutar a Marjory Muldauer destruir Kyle Keeley, de verdade.

Os quatro de Alexandriaville, assim como os sete times visitantes, seus técnicos e tutores (para eles poderem se manter em dia com seus deveres da escola durante a semana) ficariam hospedados no que o Sr. Lemoncello chamou de Vila Olímpica. Era na verdade a Pousada do Gaio Azul, onde Andrew Peckleman tinha um emprego de meio expediente.

E era para lá que Kyle iria — assim que a Sra. Yunghans terminasse esse último encontro do time.

— Vocês fizeram um ótimo trabalho — disse a bibliotecária da escola. — E, Kyle? Estamos todos muito felizes por você ainda fazer parte do time.

— Obrigado.

— Ei, Kyle — falou Miguel —, não deixe essa Marjory Muldauer tirar seu sono. Nós podemos vencê-la.

— Você não está pensando de novo em desistir, está? — perguntou Akimi.

Esse era o problema com melhores amigos. Eles sabiam no que você estava pensando mesmo quando você estava fingindo não pensar naquilo.

— Estou bem — disse Kyle. — Só, sabe, nervoso.

— Acho que todos estamos — falou a Sra. Yunghans, que ficaria hospedada com o time na Vila Olímpica como uma de suas acompanhantes. — É o seguinte, pessoal... amanhã é sábado. Acho que devíamos todos tirar uma folga. Nada de estudar. Nada de jogos. Só vão até o Liberty Park, respirem um pouco de ar fresco e não leiam nada.

Sierra levantou a mão:

— Isso é uma ordem, Sra. Yunghans?

— Não, Sierra. Vocês podem ler o que quiserem. Mas leiam algo para si mesmos... não para a competição.

Kyle se despediu de seus amigos e, quando teve certeza absoluta de que ninguém o estava seguindo, subiu em sua bicicleta e pedalou até a Pousada do Gaio Azul.

Precisava conversar com Andrew Peckleman agora — *antes* que Marjory Muldauer chegasse à cidade.

13

A placa do hotel se parecia com uma grande gaiola azul.

O letreiro na entrada, em que as letras costumavam dizer "Pergunte Sobre Nossos Descontos Especiais", agora exibia "Bem-vindo à Vila Olímpica".

Kyle observou a propriedade. Ela se parecia com um complexo de apartamentos, com talvez cerca de uma dúzia de estruturas de dois andares e estacionamento se espalhando para todas as direções a partir de um prédio central que tinha um saguão, um refeitório e um escritório.

Havia também um monte de comedouros de pássaros. Por todo lado. Banheiras para pássaros e gaiolas também.

Andrew Peckleman estava trabalhando perto da placa do hotel, derramando uma saca de alpiste em um dos comedouros. Kyle se aproximou com sua bicicleta para conversar com ele.

— Ei, Andrew.
— Kyle.
— Então. Domingo é o grande dia.

— Para quê?

— As Olimpíadas da Biblioteca.

— Ah, certo.

— Eu estava me perguntando...

Antes que Kyle pudesse dizer mais uma palavra, uma caminhonete preta desacelerou até parar atrás dele. Uma das portas traseiras se abriu, e dela saiu Charles Chiltington.

— É só um segundo, mãezinha — disse Chiltington a alguém no banco traseiro.

Kyle apertou os olhos para ver através do vidro fumê do para-brisa. Os Chiltington tinham um motorista. O sujeito estava inclusive vestindo um daqueles quepes pretos com a aba brilhante.

— Olá, Keeley — falou Charles, que nunca chamava Kyle por seu primeiro nome (provavelmente porque "Keeley" o fazia soar mais como um criado).

— Ei, Charles — respondeu Kyle.

— O que está fazendo aqui? — perguntou Andrew.

— Seguindo Keeley.

Andrew parecia confuso:

— Por quê?

— Porque sabia que, mais cedo ou mais tarde, ele viria aqui e imploraria para você tomar o lugar dele nas Olimpíadas da Biblioteca.

Kyle fingiu uma gargalhada:

— O quê?

— Minha mãe e eu estamos assistindo às competições regionais — disse Charles. — Você não tem a menor chance contra aquela tal de Marjory Muldauer, Keeley. Sei disso. Você sabe disso. O país inteiro sabe disso. E, como o Sr. Lemoncello está tão ansioso para deixar Andrew voltar ao jogo...

— Está mesmo? — perguntou Andrew. — Onde você ouviu isso?

— Tenho os meus espiões — disse Charles.

— Espiões? — falou Kyle, com uma risada. — O Sr. Lemoncello estava falando sobre você em janeiro, Andrew. Quando anunciou pela primeira vez sua ideia para essas Olimpíadas. Ele sabe que você foi intimidado a roubar o cartão da Sierra durante o jogo da fuga. Ele realmente gostaria que você voltasse à biblioteca.

— Bem, não vou fazer isso — resmungou Peckleman, empurrando seus óculos enormes até o topo de seu nariz. — O Sr. Lemoncello é um idiota. Toda a biblioteca dele é idiota. E Olimpíadas da Biblioteca? Essa é a ideia mais idiota que já ouvi. Está perdendo seu tempo, Kyle. Não vou tomar o seu lugar.

— Quem disse que é por isso que estou aqui? — perguntou Kyle.

Andrew apontou para Charles:

— Ele disse.

— Veja bem, Keeley, *eu* fico no seu lugar — falou Charles. — Minha mãezinha e seu grupo gostariam que eu estivesse nas internas para ficar de olho no Sr. Lemoncello. Além disso, quem sabe? Pode ser que eu consiga dar um jeito nos seus abomináveis colegas de time. Comigo no comando, nós realmente poderíamos trazer o ouro para casa. — Ele estava parado com uma pose orgulhosa, examinando Kyle de cima a baixo. — Preciso preencher um formulário ou algo assim?

— Para quê?

Charles revirou os olhos:

— *Para tomar o seu lugar*. Nós todos sabemos que foi por isso que você veio aqui, Keeley. Você está com medo. Encafifado. Apreensivo. Francamente, não o culpo. Você é um perdedor que teve sorte. Uma vez. Eu, por outro lado, sou um Chiltington. Os Chiltington nunca perdem.

— A não ser quando você perdeu — respondeu Andrew, mexendo de forma nervosa em seus óculos. — Você sabe. Na última vez.

— Eu não "perdi", Andrew. Fui *eliminado* pelo Sr. Lemoncello.

Kyle sacudiu a cabeça:

— Odeio desapontar a você e a sua "mãezinha", Charles, mas não vim aqui para pedir para Andrew ficar no meu lugar.

— Ah, é mesmo?

— Não. E não quero você nem perto de Akimi, Miguel e Sierra *mesmo*. Só queria ter certeza de que Andrew guardaria um quarto bom para mim e Miguel. Vamos chegar no domingo à tarde.

— O quê? — falou Charles. — Você não vai desistir?

— Não. Só queria checar os quartos. Você não conhece o ditado, Charles? Vencedores nunca desistem e desistentes nunca vencem.

No dia seguinte, quando Kyle e seus colegas de time foram deixados na Vila Olímpica por seus pais, o hotel estava lotado de crianças e acompanhantes.

— Ah, não — falou Akimi. — Eles todos têm uniformes legais.

Os outros sete times usavam calças e casacos com capuz de cores fortes. Kyle e seus amigos vestiam jeans, tênis e casacos descombinados. Assim como seus acompanhantes.

— Está tudo bem — disse Sierra. — Estamos guardando nossos uniformes para o desfile dos campeões.

— Atenção, pessoal — falou Miguel. — Lá está Andrew Peckleman.

Seu colega de turma saiu marchando rapidamente do saguão do hotel vestindo um casaco de moletom azul brilhante e um boné do Toronto Blue Jays.

— Posso ter a atenção de todos, por favor? — gritou Andrew em um megafone. — Posso ter a atenção de todos?

Ninguém lhe deu a menor atenção.

Todas as crianças de fora do estado e seus acompanhantes continuaram a tagarelar e rir.

— Então, quando podemos conhecer essa Biblioteca Lemoncello? — perguntou um garoto, com a atitude firme que os nova-iorquinos sempre têm em filmes.

— Eu realmente quero andar numa daquelas escaladoras — disse uma garota que soava como se pudesse ser do Alabama ou da Louisiana.

— Cara — falou um menino da Califórnia —, eu vou direto para o Centro Eletrônico de Aprendizado para poder andar de skate nas crateras da lua.

Andrew tentou novamente. Seu megafone guinchou com ruídos:

— SEUS IDIOTAS, VOCÊS PODEM CALAR A BOCA?

Cada um dos atletas olímpicos da biblioteca olhou fixamente para ele.

— Obrigado. Hum, agora, aqui com algumas palavras sobre o hotel está meu chefe e, hum, tio-avô de segundo grau, o Sr. Woodrow "Woody" Peckleman.

Um homem magro e careca — que se assemelhava um pouco a uma galinha depenada com um terno azul brilhante — saiu todo empertigado pela porta do saguão. Ele tinha um nariz muito pontudo similar a um bico. Ele se contraía, inquietava e apertava os olhos na luz do sol. Kyle meio que esperava que ele fosse começar a arrastar a ponta de seu sapato na terra, procurando ração.

— Bem-vindos — falou o Sr. Peckleman, com uma voz ainda mais nasal do que a de Andrew. — A Pousada do Gaio Azul... também conhecida, essa semana, como a Vila Olímpica... é, como vocês podem ter notado, meu santuário de pássaros particular. Por favor, apreciem a companhia colorida e musical e o comportamento alegre de nossos amigos emplumados. — Ele apontou para um comedouro de pássaros próximo. — Mas, por favor, *não* alimentem os esquilos. Esquilos não são nada além de roedores larápios. Ratos com rabos felpudos.

Ah, não, pensou Kyle. *O tio-avô do Andrew é um pouco pirado.*

— Além disso — continuou o Sr. Peckleman —, vocês estão liberados para desfrutar das máquinas de fliperama novas em folha instaladas recentemente na sala de jogos, ao lado do saguão. Não haverá cobrança para nenhum desses jogos.

— Uhu — gritou Kyle.

Agora todo mundo na multidão se virou para encará-lo.

Certo. Kyle percebeu que seus competidores gostavam mais de livros e bibliotecas do que de videogames. Ele se sentia tão deslocado quanto sabia que se sentiria.

— Tudo bem — sussurrou Akimi. — Eu jogo *Dragon Bop Bubble Pop* com você.

— Eu também — acrescentou Sierra.

— Idem — falou Miguel.

— Obrigado, pessoal.

De repente, uma buzina antiquada soou.

Kyle olhou para a entrada do hotel.

Um carro que se parecia com um gato em posição de ataque, com olhos verdes iluminados no lugar dos faróis, acabara de sair da autoestrada e entrar no estacionamento.

— O gato é uma das peças daquele jogo de tabuleiro — disse Sierra, que vinha estudando os jogos da Lemoncello da mesma forma que Kyle vinha estudando bibliotecas e livros. — *Frenesi Familiar*!

— *Correctamundo* — respondeu Akimi.

O carro gato era seguido por oito veículos do tamanho de trailers, suas laterais cobertas com adesivos desenhados de forma com que parecessem estantes de livros sobre rodas.

— E vejam aquilo — falou Miguel, enquanto os veículos graciosamente deslizavam até uma fileira de vagas anguladas.

A porta em forma de pata do gatomóvel se ergueu e, de dentro dela, saiu a Dra. Yanina Zinchenko, vestindo um macacão aeronáutico vermelho escarlate. Ela caminhou pela multidão e educadamente tomou o megafone da mão do Sr. Peckleman.

— Todos sejam bem-vindos a Ohio e à Vila Olímpica — disse ela. — Façam o favor de se apresentar ao livromóvel com o nome de sua região gravado na lateral. Nossa equipe da biblioteca dará a cada um de vocês um kit de boas-vindas contendo o cartão-chave do seu quarto, tickets para as refeições e informações sobre os eventos da semana. Os livromóveis estarão à sua disposição ao longo dos jogos. Eles os levarão aonde vocês precisarem ir. E também estão cheios de livros para tornar seu deslocamento mais agradável. A cerimônia de abertura dos jogos das primeiras Olimpíadas da Biblioteca acontecerá esta noite, aqui na Vila Olímpica. O horário de início é oito em ponto. Teremos fogos de artifício. E bolo. E balões. Então, por favor, acomodem-se, descansem e se preparem para uma semana como nenhuma outra.

Todos aplaudiram. A Dra. Zinchenko juntou os calcanhares e se curvou.

Dois sorridentes funcionários da Biblioteca Lemoncello com macacões amarelos e crachás de identificação pendurados em seus pescoços saíram de cada um dos oito livromóveis com pilhas de envelopes pardos.

— Vamos buscar as chaves dos nossos quartos — disse a Sra. Yunghans, a bibliotecária da escola.

O Sr. Colby Sharp, um dos professores de literatura da escola, seria o outro acompanhante do Time Kyle.

Kyle, Akimi, Miguel e Sierra seguiram os dois adultos até o livromóvel com "Time da Casa/Atuais Campeões" exibido orgulhosamente em sua lateral.

A magricela Marjory Muldauer estava parada junto aos dois funcionários de macacões amarelos em frente ao veículo.

— Com licença, Srta. Muldauer — falou a Sra. Yunghans, que obviamente reconheceu a garota imediatamente. — Você está procurando o livromóvel do time do Meio-oeste?

— Não — respondeu Marjory. — Só estava curiosa para saber se algum dos atuais "campeões" sabia quando a primeira biblioteca ambulante apareceu nas vilas rurais do condado da Cúmbria, na Inglaterra.

Kyle olhou para Miguel e Sierra. Eles se voltaram para ele com um olhar inexpressivo.

— A primeira o quê? — perguntou Akimi.

— Biblioteca ambulante. — Marjory apontou por cima de seu ombro. — Um livromóvel. Uma biblioteca que se move.

— Isso vai cair na prova final? — debochou Kyle.

Ele estava fazendo o possível para parecer confiante diante da sua mais ameaçadora rival.

Marjory Muldauer manteve seus olhos fixos sobre Kyle:

— Não faz ideia, não é mesmo, Sr. Keeley?

— Srta. Muldauer — falou a Sra. Yunghans —, talvez você devesse se reunir com o resto do seu time.

Marjory a ignorou.

— Foi em 1857 — disse ela. — Era uma carroça puxada a cavalo. Doada por um mercador vitoriano chamado George Moore para "difundir boa literatura entre a população rural".

— Bem — falou Kyle —, esses são muito mais bacanas. E os motoristas não precisam recolher cocô de cavalo o dia inteiro.

Marjory Muldauer não riu. Ela franziu os olhos.

— Espero que tenha apreciado seus quinze minutos de fama, Sr. Keeley. Porque, quando esses jogos acabarem, *você* também estará acabado.

Ela deu meia-volta e se afastou. Kyle se arrepiou de verdade.

A garota não era apenas assustadoramente boa. Ela também era assustadora.

15

Andrew Peckleman estava na sala de jogos do hotel.

— Pela última vez, essa coisa idiota está quebrada — disse ele ao garoto louro de Utah, que era do time Montanha.

— Como assim? O gerente disse que todos os jogos eram novos em folha.

— Bem, talvez o Sr. Lemoncello tenha dado uma mancada. — Andrew moveu os controles do console. Apertou com força o botão de liga/desliga. Finalmente, deu um chute ligeiro na caixa de compensado. — Viu? Não funciona. Jogue outra coisa.

— Mas eu queria jogar *Esquadrão Esquilo 6*.

— E eu queria ser o primeiro bibliotecário em Marte. Pergunte-me como estou me saindo. Agora vá jogar outra coisa.

O garoto de Utah foi embora para testar o jogo *O Destrutivo Passo do Elefantinho*, do Sr. Lemoncello. O objetivo era amassar o máximo de produtos possíveis no shopping center com Melvin, o mastodonte malicioso.

— Andrew? — gritou seu tio da recepção do hotel.
— Sim, senhor, Tio Woody?
— Venha aqui, por favor.

Andrew entrou no escritório. Seu tio estava junto à parede dos fundos, mexendo na combinação da tranca de uma grande porta de aço.

— É rapidinho.

Ele deslizou um painel sobre rodas na frente da porta de aço. Quando o painel fez o barulho de travar em seu lugar, o enorme armário de armazenamento estava completamente escondido atrás de uma parede contínua que exibia uma gravura emoldurada de dois azulões.

O tio de Andrew apontou para um saco de alpiste de quinze quilos que estava sobre o chão:

— Preciso que encha os comedouros seis e sete.
— Sim, senhor.
— E cheque as pilhas dos motores giratórios.
— Sim, senhor.

Cada um dos comedouros do Tio Woody tinha um motor giratório ativado por peso que o transformava em um carrossel rodopiante no instante em que um esquilo colocava os pés nele.

— Preciso ir conversar com alguns de nossos hóspedes.
— Sobre o quê? — perguntou Andrew.
— Não se preocupe. Vá cuidar dos comedouros dos pássaros.
— Sim, senhor.

Carregando a saca de alpiste sobre o ombro, Andrew saiu pela porta lateral para a área da piscina e do pátio.

Como era apenas o primeiro dia da primavera, a piscina ainda estava coberta com uma lona, mas as churrasqueiras de aço inoxidável sobre a laje de concreto tinham sido lavadas e polidas. Cozinheiros de um bufê as usariam para a celebração da cerimônia de abertura. Hambúrgueres, cachorros quentes e s'mores estavam no cardápio.

A lareira ao ar livre — um aro elevado de pedras cercado por cadeiras de varanda — estava fria. Ela não poderia ser acesa em nenhum momento ao longo dos Jogos Olímpicos da Biblioteca, porque o Sr. Lemoncello odiava fogueiras. "Ao longo da história", explicou ele no kit de boas-vindas das Olimpíadas da Biblioteca, "livros demais foram queimados por pessoas que não gostavam do que estava escrito neles".

Também não existiria nenhuma tocha olímpica flamejante, apenas uma gigantesca lanterna de três metros de comprimento para celebrar a alegria de ler debaixo das cobertas. Ela foi posicionada na traseira de um caminhão e giraria no ar depois que o Sr. Lemoncello a acendesse, exatamente como um daqueles holofotes giratórios em inaugurações de concessionárias de carros usados.

Andrew tirou uma tampa do comedouro número seis e ergueu a saca de alpiste.

— Por que esse hotel tem tantos comedouros de pássaros? — perguntou alguém atrás dele.

Andrew se virou.

Era a garota alta de Michigan. Marjory Muldauer.

Andrew ajustou seus óculos:

— Sinto muito. O que você perguntou?

— Por que todos esses comedouros?

Andrew encolheu os ombros:

— Tio Woody gosta de pássaros.

— Provavelmente porque ele se parece com um.

Andrew soltou uma risada:

— Eu sei. Parece mesmo!

— Estou tentando achar um pouco de café — disse Marjory, com as mãos apoiadas na cintura. Seu rosto estava contorcido como se tivesse sentido o cheiro de leite azedo. — Preciso ler mais dois livros essa noite.

— Bem — falou Andrew —, se realmente quer um pouco de 641.3373, venha comigo.

Marjory fez uma careta para ele:

— Esse é o número decimal Dewey para café.

— Sim. A bebida. Café, o produto agrícola, seria 633.73.

— E — falou Marjory — cafés, como *estabelecimentos comerciais*, seriam 647.95. Estabelecimentos para comer e beber.

— Sim.

— Você sabe bastante sobre o sistema decimal Dewey para um empregado de hotel.

— Ah, isso é apenas um trabalho de meio expediente. Meu nome é Andrew. Andrew Peckleman.

— Você foi um dos perdedores, não foi? No jogo da fuga.

Andrew deixou a cabeça cair de vergonha:

— Sim. Mas pergunte se me importo.

— Certo — falou Marjory. — Você se importa?

— Não. Não mais.

— Bem, aquela monstruosidade que o Sr. Lemoncello construiu não é realmente uma biblioteca, Andrew. É um parque de diversões.

— Você a viu? — perguntou Andrew.

— Ainda não. Mas vi fotos. Deviam fechá-la e transformá-la num Chuck E. Cheese... depois, claro, que eu ganhar minha bolsa de estudos para a faculdade do velho e louco Sr. Lemoncello.

Andrew sorriu.

Porque Marjory Muldauer era uma alma gêmea.

Ele deixou a saca de alpiste cair sobre o pátio de concreto.

— Venha — falou ele. — Vamos lá arrumar uma xícara de 641.3373.

— E talvez — disse Marjory — possamos encontrar alguns 641.8653 para acompanhar.

— Aah — falou Andrew. — Adoro donuts.

16

Logo depois que escureceu, Kyle e seus companheiros de time vestiram seus uniformes da cerimônia de abertura e seguiram para o pátio central do hotel.

Um coreto tinha sido erguido em um dos cantos do retângulo de grama situado no meio das unidades em estilo de chalé do hotel. O Sr. Lemoncello, a Dra. Zinchenko e o prefeito de Alexandriaville estavam sobre a plataforma, prontos para inspecionar os 32 atletas olímpicos.

O Sr. Lemoncello vestia com uma toga prateada cintilante e usava uma coroa de louros prateada. Ele se parecia um pouco com o tributo masculino do Distrito 3 em um desfile dos *Jogos vorazes*. A Dra. Zinchenko estava toda de vermelho, de novo, com lantejoulas vermelhas brilhantes. O prefeito usava uma capa de chuva preta. Ele não gostava muito de se vestir formalmente.

Os oito times marcharam, um de cada vez, até a versão do hotel de uma arena e deram a volta nela, exatamente como os atletas fizeram nos Jogos Olímpicos da Antiguidade na Grécia (a não ser pelo fato de aqueles sujeitos não terem calçados ou tênis de corrida).

Uma multidão de centenas de espectadores cercava o pátio iluminado por fios coloridos de luzes decorativas. Mais pessoas estavam assistindo às festividades em TVs de tela gigante montadas do outro lado da autoestrada no Liberty Park.

Kyle carregava a flâmula dos "Heróis Locais". Ele e seus companheiros de time estavam usando uniformes esportivos em cinza e vermelho (as cores da Universidade Estadual de Ohio), gorros marrons em forma de castanha-da-índia e sapatos de banana que faziam barulho, exatamente como aqueles que o Sr. Lemoncello às vezes calçava. Os tênis musicais — amarelos e levemente curvos — foram um dos maiores sucessos do Sr. Lemoncello no Natal. O "jogo" era fazer os sapatos de banana arrotarem-guincharem uma música, pulando, saltitando e sapateando as notas. Para o "Desfile dos Campeões" da cerimônia de abertura, Kyle, Akimi, Miguel e Sierra tinham coreografado os passos para tocar uma versão arrotada-guinchada de "Hang on Sloopy", o rock oficial de Ohio.

A maior parte dos outros times também usava uniformes malucos.

O time dos estados do Pacífico estava de bermuda de praia, chinelos e camisas havaianas muito bacanas. Eles tocaram "Surfin' Safari" no kazoo. Pranav Pillai era o tambor-mor do kazoo.

Os garotos representando a região do Meio-atlântico vestiam fantasias de caranguejo, com arquinhos de antenas e garras.

Os do nordeste adotaram robes em um estilo muito erudito, que lembravam Harry Potter, e balbuciavam um canto em latim enquanto marchavam (*"Semper ubi sub ubi"*); o time do sudeste, incluindo Diane Capriola, usava vistosos macacões de motorista da NASCAR com emblemas de livros bordados em cada centímetro disponível; o time do sudoeste usava chapéu de vaqueiro, enormes fivelas e botas e fazia truques de rodeio com suas cordas; todos os competidores da Montanha vestiam camisas de flanela, calças de lenhador, barbas postiças (até mesmo as meninas) e chapéus felpudos com abas que cobriam as orelhas.

O time do Meio-oeste, liderado por Marjory Muldauer, usava calça cáqui, camisa branca de botão, gravata listrada e paletó azul.

Kyle achou que o pessoal do Meio-oeste se parecia com corretores de imóveis em marcha. Ou com primos de Charles Chiltington.

— Meu pai veio! — disse Sierra, acenando para um homem sorrindo orgulhosamente na multidão. — E lá está a minha mãe — acrescentou ela, quando o time tinha saltado-guinchado e arrotado-guinchado mais seis metros.

Depois de todos os oito times terem marchado em volta do pátio três vezes, eles se enfileiraram em frente ao palanque de inspeção do Sr. Lemoncello, prontos para que ele oficialmente declarasse que os jogos estavam abertos e acendesse a tocha das Olimpíadas da Biblioteca, que era a enorme lanterna.

— Bem-vindos, cada um e todos vocês — bradou o Sr. Lemoncello. — Estou tão feliz por vê-los aqui hoje à noite, porque hoje à tarde meu optometrista pingou colírio nos meus olhos e eu não conseguia ver nada! Antes de iluminar oficialmente nossa tocha Olímpica...

Ele apontou na direção da lanterna de três metros que apontava para o céu.

— ...eu gostaria de dizer algumas breves palavras. "Conciso", "diminuto", "atarracado" e "eu", que é uma das palavras mais curtas que conheço, até ela se transformar em "nós", como em "Nós, o povo dos Estados Unidos", o mesmo "nós" que assegurou as bênçãos de liberdade para nós mesmos e nossa posteridade, que, por sinal, seriam vocês, crianças, e não o meu bumbum, que seria, obviamente, o meu "posterior".

Ele respirou fundo.

— Essa noite, nós acendemos a lanterna simbólica da leitura sob as cobertas para celebrar aqueles leitores que não podemos apagar, nem mesmo uma noite durante a semana. Tenho certeza de que nossa tocha olímpica nunca alcançará uma temperatura de 451 graus Fahrenheit, algo que o Lorax, o leão, a feiticeira e o guarda-roupa ficaram muito felizes em saber.

O Sr. Lemoncello caminhou sobre o palco até uma gigantesca versão de desenho animado de um interruptor de parede.

— Jogadores, se estiverem prontos, que comecem os jogos! — Ele empurrou o interruptor enorme. O imenso feixe de luz da lanterna cortou o céu da noite. — Eu agora declaro abertos os jogos da primeira Olimpíada da Biblioteca. Também declaro que meu nome se fala como uma mistura de uma fruta azeda com um instrumento musical delicado. Divirtam-se! Joguem limpo! E, lembrem-se: esses jogos são uma busca para encontrar quem entre vocês é um verdadeiro campeão!

Mil balões com bastões brilhantes em seus ventres foram soltos no ar da noite. Fogos de artifício dispararam no céu. A banda marcial de Ohio State entrou no pátio para criar uma formação livro-aberto enquanto tocava uma versão fanfarra de "Paperback Writer", dos Beatles. Feixes de laser cortavam a escuridão enfumaçada no ritmo da música.

— E agora — anunciou o Sr. Lemoncello, depois que os fogos de artifício explodiram em seu grandioso final de corações flutuantes, rostos sorridentes e livros entrelaçados —, o momento mais estupendamente espetacular de toda a noite, suas chaves para qualquer coisa e tudo o que vocês quiserem ou precisarem saber, garotos e garotas, meninos e meninas, golfinhos e botos... tenho o prazer de orgulhosamente lhes apresentar... seus cartões da biblioteca!

17

As oito equipes estavam reunidas em frente ao palanque de inspeção.

A Dra. Zinchenko chamou os nomes um por um.

Kyle e seus amigos seriam os últimos a receber seus novos cartões da biblioteca edição olímpica. Era como no beisebol. O time da casa sempre rebatia por último.

Miguel cutucou Kyle:

— Acha que vai ter outra pista secreta em código no verso dos cartões?

Quando Kyle e seus companheiros de time participaram do jogo da fuga, uma de suas maiores pistas veio ao anotarem as primeiras letras de todos os livros impressos nos versos de seus cartões de biblioteca. As letras formavam uma frase que os indicava na direção da saída secreta da biblioteca.

— Espero que sim — falou Akimi. — Porque nenhum dos outros times saberá como jogar o jogo das Primeiras Letras do Sr. Lemoncello.

— Talvez devêssemos contar a eles — sugeriu Sierra.

— Por quê? — perguntou Akimi. — Achei que quiséssemos vencer.

— Queremos — respondeu Sierra. — Mas não trapaceando.

— Opa — falou Miguel. — Não é trapaça só porque sabemos de algo que os outros times não sabem.

Sierra suspirou:

— Mas é uma vantagem injusta.

— Verdade — disse Akimi. — Mas, às vezes, esse é o meu tipo favorito.

— Mas vocês se lembram do lema do Sr. Lemoncello? — perguntou Sierra. — O conhecimento que não é dividido permanece desconhecido.

— E é exatamente assim — falou Akimi — que quero que esse pedaço de conhecimento permaneça: desconhecido para todo mundo menos nós!

— Gente! — disse Kyle, enquanto a fila andava. — Vamos esperar para ver. Seria estranho se o Sr. Lemoncello nos desse o mesmo tipo de pista duas vezes. Ele nunca faz isso em seus jogos de tabuleiro.

Finalmente, os nomes do Time Kyle foram chamados.

A Dra. Zinchenko lhes entregou quatro cartões.

— Seus cartões da biblioteca lhes darão acesso a todas as salas e áreas em que estaremos disputando nossos doze jogos — explicou ela. — O vencedor de cada jogo receberá uma medalha muito especial. O time com mais medalhas no fim da semana será declarado o vencedor ou até mesmo o campeão.

— Hein? — falou Miguel. — O vencedor não é automaticamente o campeão?

— Talvez — respondeu a Dra. Zinchenko misteriosamente. — Talvez não. Depende, você não concorda?

Miguel encolheu os ombros:

— Acho que sim.

Kyle não estava prestando atenção à Dra. Zinchenko. Estava focado demais no fato de os cartões da biblioteca serem, mais uma vez, numerados.

— Agora, se vocês crianças me dão licença... — falou a Dra. Zinchenko, tocando seu fone Bluetooth. — Parece que o Sr. Lemoncello precisa de mim lá dentro. Ele colou a boca em uma maçã do amor.

A Dra. Zinchenko correu para o interior do hotel.

Os jogadores dos sete outros times já tinham seguido para a área de refeições do saguão, onde garçons serviam hambúrgueres, cachorros-quentes, batatas fritas, s'mores, sorvete, bolo, chocolates, cookies, maçãs do amor e torta de creme de coco.

— Também tem fruta — anunciara o Sr. Lemoncello — para aqueles que não desejarem ficar quicando de um lado para o outro a noite toda, como eu vou ficar.

Os acompanhantes do Time Kyle, a Sra. Yunghans e o Sr. Sharp, aproximaram-se para se juntar a eles.

— Bom trabalho no desfile, pessoal — falou a Sra. Yunghans. — Vamos pegar um daqueles hambúrgueres.

— Vamos logo depois de vocês — respondeu Kyle.

— Com certeza — acrescentou Miguel.

Os quatro companheiros de time esperaram.

Assim que os adultos tinham ido embora, eles viraram seus cartões da biblioteca.

Havia imagens de capas de livros impressas no verso.

— Demais — falou Akimi. — Exatamente como na última vez. Vocês sabem o que fazer. Precisamos escrever as primeiras letras de cada título.

— Tenho uma caneta e papel — disse Sierra, enfiando a mão no bolso do seu agasalho.

O time dispôs seus cartões em ordem. Dois deles tinham três capas de livro ilustradas no verso; dois tinham quatro:

CARTÃO #1

A empregada, de Laura Amy Schlitz
A sala dos répteis, de Lemony Snicket
Stuart Little, de E. B. White

CARTÃO #2

Aconteceu em Hawk's Hill, de Allan W. Eckert
Ninoca vai dormir, de Lucy Cousins
O anjo inacabado, de Sharon Creech
Onde vivem os monstros, de Maurice Sendak

CARTÃO #3

Em algum lugar nas estrelas, de Clare Vanderpool
Amanhã você vai entender, de Rebecca Stead
A pedra da visão, de Holly Black e Tony Diterlizzi
A invenção de Hugo Cabret, de Brian Selznick

CARTÃO #4

Sobre o mar e sob a pedra, de Susan Cooper
Tem um garoto no banheiro das meninas, de Louis Sachar
A árvore generosa, de Shel Silverstein

— Certo — falou Kyle. — Ignorando os artigos, as letras formam E-S-S, A-N-A-O, E-A-P-I, S-T-A.

Miguel fez uma tentativa rápida:

— Esse anão alpinista!

— Hein? — perguntou Akimi.

— É como se você estivesse na floresta e visse um anão escalando uma montanha. Ou talvez você conheça o anão e saiba que ele é alpinista.

Akimi revirou os olhos:

— Sério, Miguel? Um anão alpinista?

— Sim, por que não? Não é só por não ser alto que ele vai ter medo de altura.

— Não acho que o jogo das Primeiras Letras vai funcionar para nós dessa vez — disse Sierra.

Ela lhes mostrou o que tinha escrito em seu pedaço de papel:

"Essa não é a pista."

— Ah — falou Miguel. — Não contava com essa.

Kyle, por outro lado, meio que contava.

Ele sabia que *nada* relacionado a ganhar esses Jogos Olímpicos seria fácil.

18

Bem cedo na manhã seguinte, Kyle, seus companheiros de time e seus acompanhantes subiram em seu livromóvel para percorrer o caminho na direção do centro da cidade até a Biblioteca Lemoncello.

Os adultos se sentaram na frente com o motorista.

As crianças estavam nos fundos com os livros e um frigobar repleto de leite achocolatado, refrigerante e seis tipos diferentes de suco.

— Então — falou Miguel —, o tio esquisito do Andrew conversou com algum de vocês ontem à noite?

— Ele falou comigo hoje de manhã — respondeu Sierra. — Quando eu estava a caminho da sala do café da manhã.

— O que ele queria? — perguntou Kyle.

— Ele me disse que poderia me dar um cartão de "Vá à Faculdade de Graça" — disse Sierra.

Miguel balançou a cabeça:

— Para mim também.

— E por que não me ofereceram esse cartão? — perguntou Akimi.

Miguel encolheu os ombros:

— Talvez pelo fato de eu ter recusado.

— Eu também recusei — falou Sierra.

— O que ele queria em troca do cartão? — perguntou Kyle.

— Minhocas para seus filhotes de pássaros? — sugeriu Akimi.

— Ele acabou não dizendo — respondeu Miguel. — Recusei antes de ele ter a oportunidade.

— Eu também — disse Sierra. — E também o lembrei de que ganhar uma bolsa de estudos para a faculdade não é a única razão para participarmos desses jogos.

— É mesmo? — perguntou Akimi, erguendo uma sobrancelha. — Qual é a outra razão?

— Provar que verdadeiramente merecemos ser coroados campeões.

— Ah. Certo. *Isso.*

— Isso poderia ser parte do jogo — disse Kyle.

— Sério? — perguntou Akimi.

— Sim. O Sr. Peckleman meio que está trabalhando para o Sr. Lemoncello essa semana... tomando conta da Vila Olímpica. E, no jogo do Sr. Lemoncello *Poço da Mina Maravilhosamente Misterioso,* existem dois anões desonestos que lhe oferecem cartas de trapaça, estas permitem que você faça coisas como usar pás de elfos mesmo que você não seja um elfo. Mas pás de elfos, você descobre tarde demais, não conseguem desenterrar diamantes, apenas ouro, e você precisa de uma tonelada de ouro mais dois diamantes para vencer.

Sierra balançou a cabeça muito lentamente:

— Você jogou muitos dos jogos do Sr. Lemoncello, não jogou, Kyle?

— O suficiente para saber que a maioria de suas cartas de trapaça acabam voltando para atrapalhá-lo.

Quando Kyle e seus companheiros de time entraram na grande rotunda da biblioteca, a sala estava mais lotada do que eles já tinham visto.

Espectadores, olhando fixamente para a Cúpula das Maravilhas, estavam sentados nos quatro anéis de mesas. Os jogadores dos outros sete times perambulavam, soltando *oohs* e *aahs* ao perceber coisas a que Kyle e seus amigos já não davam o devido valor, como as estátuas holográficas empoleiradas em seus pedestais, olhando para a multidão abaixo. As estátuas estavam acenando para as pessoas que acenavam para elas.

Kyle reconhecia apenas uma das imagens projetadas — um sujeito careca esverdeado usando óculos bifocais e uma calça cortada na altura dos joelhos, puxando uma linha de pipa. Aquele tinha que ser Benjamin Franklin.

— Quem são aquelas outras pessoas? — sussurrou ele.

— Bibliotecários famosos — respondeu Miguel. — Melvil Dewey, Eratóstenes, São Lourenço, Lewis Carroll... os de sempre.

Kyle balançou a cabeça. Ele estava *tão feliz* por ter Miguel em seu time.

— Em homenagem aos Jogos Olímpicos da Antiguidade — relatou Akimi —, tem todo tipo de urnas gregas lá na Sala de Arte e Artefatos. E você pode examinar os tênis de ginástica velhos do Sr. Lemoncello na Sala de Lembranças Lemoncello no terceiro andar. Levem uma máscara de gás.

— Ouvi dizer que Muhammad Ali está lutando boxe com Rocky Balboa no cinema IMAX — acrescentou Miguel. — O vencedor enfrenta Hércules num combate sem regras.

Nas telas da Cúpula das Maravilhas, Kyle viu a enorme imagem de oito carrinhos de biblioteca vazios e duas caçambas sobre rodas repletas de livros. Eles pareciam estar estacionados em frente às portas da sala dos 000s do sistema decimal Dewey no segundo andar.

— Bem-vindas, crianças! — bradou uma voz trêmula. — Estou tão feliz por vocês todos finalmente estarem aqui! Por que demoraram tanto?

Kyle olhou na direção do balcão de circulação no centro da sala redonda. Normalmente, era ali que a Dra. Zinchenko e sua equipe trabalhavam, ajudando as pessoas a encontrar qualquer informação ou livro que elas estivessem procurando. Durante o jogo da fuga, uma versão holográfica da bibliotecária favorita da infância do Sr. Lemoncello, a Sra. Gail Tobin, tinha vindo para ajudar a oferecer pistas.

O holograma da bibliotecária convidada, a senhora com a voz trêmula, era alguém diferente.

Ela parecia desgastada. Esgotada. Da mesma forma como professores às vezes parecem no fim de um dia realmente longo logo antes da pausa da primavera.

— Meu nome é Lonni Gause — falou a bibliotecária transparente trêmula. Ela mordiscava um lápis de maneira nervosa, como se ele fosse uma espiga de milho. — Fui a última de todas as bibliotecárias da velha Biblioteca Pública de Alexandriaville... aquela que demoliram para poderem construir um estacionamento. — Ela começou a chorar. — Ah, o horror! O horror!

— Obrigada, Sra. Gause — falou a Dra. Zinchenko, entrando na sala vindo de uma parte das estantes de ficção que se abriu como uma passagem secreta em um castelo. — Bem-vindos ao primeiro dia de nossa competição, Atletas Olímpicos da Biblioteca. Hoje nós começamos nossa busca por campeões!

— Sim! — gritou a bibliotecária holográfica. — Precisamos de campeões. Também precisamos de defensores! Precisávamos deles tantos anos atrás quando, primeiro, os livros começaram a desaparecer das estantes e, então, as bolas de demolição chegaram pela rua principal. Ah, o horror! O horror!

A Dra. Zinchenko apontou e apertou um botão de um controle remoto em miniatura na direção da bibliotecária que se lamentava. A bibliotecária desapareceu.

— Talvez tenhamos mais notícias da Sra. Gause. Mais tarde. Agora, no entanto, está na hora do nosso primeiro jogo. Todos os 32 competidores podem fazer o favor de se apresentar na sacada do segundo andar? Espectadores? Vocês podem testemunhar o evento, ao vivo e a cores em alta definição, lá em cima na Cúpula das Maravilhas.

— Por aqui, pessoal — falou Kyle para as crianças de fora da cidade, enquanto seguia na direção da escada em espiral mais próxima.

Todos os Atletas Olímpicos da Biblioteca lotaram os degraus de metal.

— Por favor, sigam até seu carrinho de biblioteca designado — disse uma voz feminina tranquilizante que saía dos alto-falantes do teto do segundo andar. — E lembrem-se: pessoas livres leem livremente.

Marjory Muldauer, caminhando com seus companheiros de time do Meio-oeste, soltou uma risada sarcástica:

— Obrigada pela frase de para-choque de caminhão, senhora do teto.

O segundo andar era uma sacada circular acarpetada, com a mesma circunferência da Sala de Leitura da Rotunda abaixo. A sacada de três metros e meio de largura estava coberta com enormes portas de madeira com espaçamento igual que se abriam para as dez salas do sistema decimal Dewey.

Oito carrinhos de biblioteca — três níveis de prateleiras inclinadas sobre rodas — estavam alinhados em frente à porta da sala dos 000s. Do outro lado dos carrinhos estavam duas caçambas de lona, ambas lotadas de livros.

Cada carrinho de biblioteca estava rotulado com dois cartões laminados: um com o nome do time, o outro designando um campo de números decimais Dewey. O carrinho vazio dos Heróis Locais estava rotulado com "900-999".

— Isso é história e geografia — disse Miguel a Kyle.

— Bem-vindos ao nosso primeiro evento: a Corrida de Revezamento do Carrinho de Biblioteca — falou a Dra. Zinchenko, saindo de mais um painel secreto; este entalhado nos fundos das estantes de livro de ficção, que subiam passando pelo segundo andar em seu caminho até a cúpula. — Para ganhar esse jogo, seu time deve ser o primeiro a completar quatro voltas na sacada do segundo andar sem derrubar nenhum livro das três dúzias empilhadas em suas prateleiras sobre rodas, independente dos obstáculos.

O braço de Marjory Muldauer se ergueu.

— Sim? — falou a Dra. Zinchenko.

— Não há nenhum livro nos carrinhos de biblioteca.

— Não? Ah, é verdade. A biblioteca está fechada há uma semana, então todos os livros recentemente devolvidos... exatamente 288 títulos diferentes, 36 de cada uma de oito diferentes categorias Dewey... estão no momento armazenados em uma daquelas duas caçambas sobre rodas. Vocês devem encontrar os livros que pertencem ao seu grupo, cuidadosamente carregar seu carrinho e, então, cada membro do time deve completar uma volta completa na sacada e passar de forma limpa o carrinho para o próximo competidor do revezamento. O time que terminar primeiro levará para casa a primeira medalha de hoje e chegará mais perto das bolsas de estudo para a faculdade. Sugiro que escolham seu empurrador de carrinho mais veloz para a última perna.

— É você, Akimi — disse Kyle. — Você é a mais rápida.

— Eu sou o mais lento — falou Miguel.

— Eu também sou muito lenta — acrescentou Sierra. — Estou mais para leitora do que para corredora.

— Está tudo bem — disse Kyle. — Vocês dois estarão encarregados de encontrar nossos livros para nós.

— Os números deveriam estar na lombada — falou Miguel. — Procure qualquer coisa que começar com um nove.

— Por falar nisso — anunciou a Dra. Zinchenko —, para tornar esse jogo mais desafiador, nós temporariamente cobrimos todos os números de referência nas lombadas dos livros nas caçambas.

— Então tá — falou Akimi. — Essa ideia foi para o espaço.

— Encontrem livros sobre acontecimentos históricos e lugares que vocês sempre quiseram visitar — sugeriu Sierra.

— E quanto ao banheiro? — falou Kyle, sentindo-se nauseado. — Eu não me importaria de visitá-lo agora mesmo.

— Relaxa, cara — disse Miguel. — Sierra e eu vamos carregar o carrinho. Você e Akimi só precisarão correr quando ele estiver pronto.

— Você fica com a primeira perna — falou Akimi. — Tente nos dar uma liderança inicial.

Kyle assentiu. Ele era bem ligeiro. Não tão veloz quanto Akimi, mas, graças ao seu irmão mais velho Mike, o atleta, ele estava acostumado a correr em alta velocidade:

— Vou fazer o melhor que puder.

— Por favor, preparem-se — disse a voz reconfortante do teto. — Quando seu carrinho estiver completamente carregado, não bloqueiem, derrubem ou empurrem os outros times. Não interfiram com a troca de empurrador dos carrinhos.

— Em outras palavras — falou uma nova voz no teto, a do Sr. Lemoncello —, joguem limpo, empurradores de carrinho... que vocês não devem confundir com caçadores de pipas, um livro que vocês todos definitivamente deveriam ler quando forem um pouco mais velhos. Dra. Zinchenko? Que a farra da classificação de livros comece!

A Dra. Zinchenko ergueu o braço. Ela segurava um marcador de livros elegante com uma borla entre os dedos como se fosse uma pequena bandeira.

— Em suas marcas — disse ela. — Preparar. Já!

Ela abaixou o marcador de livro.

A corrida estava valendo.

19

Kyle e Akimi esperaram enquanto Sierra e Miguel reviravam as caçambas de livros com uma dúzia de outros ávidos decodificadores de números decimais Dewey.

Um garoto baixo e obstinado do time Sudeste mergulhou em uma das caçambas de lona sobre rodas e começou a arremessar livros sobre linguagem (os 400s) para os seus colegas de time do lado de fora.

Marjory Muldauer estava simplesmente de pé junto às pilhas de livros, apontando:

— Aquele. Aquele. Aquele ali também.

— São nossos primeiros doze! — falou Miguel, quando ele e Sierra preencheram a prateleira mais baixa do carrinho de biblioteca com seus braços repletos de livros. — Só mais duas dúzias agora!

Se alguém colocasse um livro errado em um carrinho, a moça no teto falava "Sinto muito, time Nordeste" ou "Sinto muito, time Pacífico". Então ela os encorajava a "por favor, tentem novamente".

Sierra e Miguel não cometeram um erro sequer. Tampouco Marjory Muldauer.

Os garotos dos times Pacífico e Nordeste foram os que mais se confundiram. Eles viviam misturando os 100s (filosofia e psicologia) de um time com os 200s (religião) do outro.

— Vai! — gritou Miguel, colocando o trigésimo sexto livro sobre história e geografia no carrinho do Time Kyle.

Kyle partiu exatamente no mesmo momento que o primeiro corredor de revezamento do time do Meio-oeste de Marjory Muldauer.

A roda esquerda frontal do retumbante carrinho de três andares de Kyle estava vacilante. Como um carrinho de supermercado com uma uva amassada presa a uma das suas rodas.

Todo o carrinho da biblioteca estava tremendo.

Mas ele não desacelerou.

Depois de passar pelo túnel atrás das prateleiras de ficção e alcançar as portas da sala dos 300s, estava na liderança.

Seguiu na direção da balaustrada interna, imaginando que, quanto mais fechado fizesse a curva, mais rápido ele completaria a sua volta.

Pranav Pillai, do time Pacífico, vinha em disparada à sua esquerda. Eles devem ter resolvido sua confusão entre os 100s e os 200s mais rápido do que Kyle achou que resolveriam.

Então Pillai fez algo absolutamente incrível. Ele rodopiou no lugar — enquanto corria. Moveu suas mãos uma sobre a outra e por trás de suas costas enquanto executava uma rotação completa de 360 graus.

Kyle teve que desacelerar um pouco para balançar a cabeça e reconhecer os méritos do sujeito.

— Até mais, cara! — berrou Pillai, enquanto passava voando por Kyle. Ele desviou para o interior para se aproximar da balaustrada da sacada de que Kyle queria se aproximar.

Foi então que Kyle se lembrou de que, para entrar no time Pacífico, você tinha que ter passado pelo teste final do bibliotecário da Costa Oeste: um exercício sincronizado de carrinhos de biblioteca. Os garotos dos estados da Califórnia, Oregon e Washington não eram profissionais, mas definitivamente eram os melhores manejadores de carrinhos de biblioteca no prédio.

Quando Kyle terminou seu circuito ao redor da sacada e chegou à porta dos 000s para entregar o carrinho a Miguel, a segunda corredora do time Pacífico, Kathy Narramore, do Oregon, já estava quatro portas na frente dele. Quando viu uma ondulação no carpete, ela deu um salto mortal frontal sobre o carrinho em movimento para poder puxá-lo por algum tempo antes de dar uma cambalhota para trás para poder empurrá-lo novamente.

Enquanto isso, Miguel passou por cima da saliência e uma pilha de livros saiu voando das prateleiras inclinadas do carrinho.

Quando Miguel finalmente recarregou o carrinho, deu a volta na sacada e o entregou a Sierra, o quarto e último corredor do time Pacífico estava pronto para dar uma volta sobre ela.

Sierra chegou até a porta dos 500s quando o fechador do time Pacífico passou em disparada pela linha de chegada.

Akimi sequer participou da corrida.

Os Heróis Locais tinham perdido.

O time Pacífico levou a primeira medalha do dodecatlo.

— Parabéns por sua medalha Veloz de Ouro — falou a Dra. Zinchenko, enquanto passava um medalhão pendurado em uma fita sobre a cabeça de cada um dos integrantes do time vencedor.

— Não se preocupem — disse Kyle, tentando animar seus colegas de time, embora ele estivesse começando a ter aquela sensação de "campeões se tornando bobalhões" novamente. — Vamos faturar a próxima.

— Com certeza — falou Miguel.

— A não ser que — disse Akimi — a prova envolva correr com uma mala sobre rodas.

Durante a pausa para o almoço, os garotos do time Pacífico deram entrevistas para a NPR, PBS e para a Book Network.

— Aqueles costumavam ser nós — resmungou Akimi.

— Qual é? — falou Kyle. — Não acharam que ganharíamos todas as provas, acharam?

— Não. Não achei. Mas estava contando com isso de qualquer forma.

— Culpa minha — disse Miguel. — Perdi todo aquele tempo quando passei sobre aquela lombada.

Kyle olhou para Sierra. Ela tinha um sorriso no rosto. Porque estava lendo de novo e, aparentemente, *O décimo quarto peixinho dourado*, de Jennifer L. Holm, era um livro muito divertido.

Às duas da tarde, todos os oito times estavam novamente reunidos no segundo andar.

Os carrinhos de biblioteca, cada um ainda carregado com as três dúzias de livros, estavam estacionados, mais uma vez, em frente à porta dos 000s.

— Ótimo — murmurou Akimi. — Uma revanche.

— Times — falou a Dra. Zinchenko —, agora está na hora da nossa segunda prova. No jogo número dois, vocês devem colocar todos os livros de volta nas estantes no local exato a que eles pertencem. Para isso, vocês precisarão primeiro determinar adequadamente o número decimal Dewey completo de todos os 36 de seus livros designados e então colocá-los em suas posições apropriadas nas estantes de seu quarto decimal Dewey.

Kyle olhou para Miguel.

— Podemos fazer isso — disse Miguel. — Foi por isso que fizemos todos aqueles exercícios depois das aulas.

— Times? — falou a Dra. Zinchenko. — Por favor, retornem aos seus carrinhos.

Os oito times se amontoaram em volta de seus carrinhos para avaliar seus 46 títulos.

Miguel, Sierra e Akimi inclinavam a cabeça e apertavam os olhos. Kyle podia dizer que eles já estavam anotando mentalmente os números.

Ótimo. Eles podiam fazer aquela parte. Kyle ficaria encarregado de correr muito rápido e enfiar os livros nas prateleiras.

Eles tinham uma chance.

Uma boa chance.

O Time Kyle levou apenas 1 hora e 22 minutos para codificar e reposicionar corretamente todos os 36 livros.

Infelizmente, o time Meio-oeste, liderado por Marjory Muldauer, fez aquilo em menos de uma hora.

Marjory e seus colegas de time receberiam quatro medalhas Arrumação Olímpica.

— Parece que agora é um para nós — disse Marjory, de forma sarcástica, a Kyle — e nada para vocês.

A cerimônia das medalhas aconteceu sob a Cúpula das Maravilhas, que, para homenagear a ideia por trás do segundo jogo, operava em seu espetacular modo decimal Dewey. As dez telas de vídeo em forma de fatia de pizza rolavam constantemente mudando imagens associadas a cada uma das categorias do sistema de catalogação da biblioteca.

— Ei, Kyle — sussurrou Miguel, enquanto a Dra. Zinchenko pendurava uma medalha Arrumação Olímpica no pescoço de Marjory Muldauer. — Por que eles têm nomes diferentes para as medalhas? Por que elas não são todas, você sabe, "de ouro"?

Kyle encolheu os ombros:

— Talvez para tornar mais fácil que lembremos que perdemos *duas* provas diferentes hoje.

Ah, amanhã seria outro dia, porém.

Com duas novas provas para disputar.

Kyle apenas esperava que seu time não perdesse aqueles dois jogos também.

20

Charles Chiltington trazia uma bandeja de minisanduíches de pepino (com a casca do pão cortada) para a sala de estar, onde sua mãe organizava uma reunião da Liga dos Amantes de Bibliotecas Preocupados.

As sete damas e o cavalheiro com a gravata borboleta estavam agrupados em volta de um laptop, seus olhos horrorizados grudados à tela.

— Isso é uma abominação! — falou uma das integrantes do comitê, assistindo a uma reprise do primeiro dia de competição das Olimpíadas da Biblioteca Lemoncello no site da Book Network.

Charles sabia o que "abominação" significava (qualquer coisa que o desagradava muito). Ele usava palavras difíceis sempre que possível. Aquilo impressionava professores, especialmente quando usava palavras que eles não entendiam. Charles mantinha uma lista: "panaceia", "panóplia", "pedante". E aquelas eram apenas as que começavam com "p". Ele era muito sesquipedal (dado ao uso de palavras compridas) enquanto outros eram perspícuos (claros na expressão e facilmente compreendidos).

Ele também ficava extasiado (muito feliz, exultante, de bem com a vida) ao ouvir todos os adultos reclamando do Sr. Lemoncello e da sua ultrajante biblioteca (chocantemente ruim).

— É um disparate — disse o cavalheiro com a gravata borboleta. — Correr em círculos com carrinhos de biblioteca? Reabastecer as prateleiras? Essas crianças estão se inscrevendo para empregos de meio período? Porque todas elas são jovens demais para serem empregadas legalmente.

— Hmm — falou a Sra. Tinker. — Aquele tal de Sr. Lemoncello é tão incrivelmente desagradável. E aquela garota russa também, a Dra. Zinfadelski.

— Estou tão confusa — disse a Sra. Brewster. — Por que uma biblioteca precisa de um diretor de imagens holográficas?

— Porque aquilo lá é a Disneylândia! — gritou a Sra. Tinker. — Estou dizendo, a Disneylândia!

— Então estamos de acordo — falou a mãe de Charles. — Algo deve ser feito.

— E será que eu — disse Charles —, como um jovem de Alexandriaville, poderia rapidamente elucidar o quão afortunado me sinto por ter adultos sábios e sagazes como vocês zelando pelos meus interesses, assim como pelos de todas as jovens crianças que ainda virão?

Charles sabia que ser bajulador era a melhor forma de conseguir que os adultos fizessem exatamente o que ele queria que fizessem.

— Obrigada, Charles — respondeu sua mãe. — Rose, por favor, anote na minuta oficial da reunião. Resolvido: Nós, a Liga dos Amantes de Bibliotecas Preocupados, devemos, por quaisquer meios necessários, tomar o controle da nova biblioteca pública de Alexandriaville e arrancá-la daquele sujeito praticamente lunático, Luigi Lemoncello.

Veio uma batida leve na porta da sala de estar.

— Com licença — falou Chesterton, o mordomo. — Esse cavalheiro insiste que está aqui para a sua reunião.

— Vocês são o povo dos Amantes de Bibliotecas Preocupados? — perguntou um senhor idoso esquelético com feições como um bico pontudo, parado timidamente junto à porta ao lado do mordomo.

O homem estava vestido com uma parca azul clara e mexia em seu boné manchado de suor dos Toronto Blue Jays que ele segurava nas mãos.

— Nós o conhecemos? — perguntou a mãe de Charles.

— Acho que não. Meu nome é Peckleman. Woodrow J. Peckleman.

— Dos Peckleman de Geauga County? — trinou a Sra. Tilley.

— Não, senhora. De Alexandriaville mesmo. Bem, eu cresci aqui, mas então fugi da gaiola.

Charles soltou uma risada dissimulada. Ele não conseguiu evitar. O Sr. Peckleman se parecia com uma galinha.

— Sou o proprietário da Pousada do Gaio Azul — disse o Sr. Peckleman.

— Isso é a Vila Olímpica — falou Charles. — Você é tio-avô de segundo grau, desaparecido há muito tempo, do Andrew, correto?

— Isso mesmo.

— Perdoe-me por perguntar — disse a mãe de Charles —, mas o que o traz aqui, Sr. Pecklestein?

— É Peckleman, senhora. E não vou fazer rodeios. Não gosto do que estão fazendo dentro daquela Biblioteca Lemoncello no centro da cidade.

— Nem nós.

— Eu sei. Eu os vi na TV. Agora, como disse, vivi aqui em Alexandriaville por muitos anos. Cresci com Luigi. Eu o conheci quando ele era apenas um garotinho, não um bilionário excêntrico. E deixem-me dizer algo a vocês: Luigi L. Lemoncello era exatamente tão irresponsável naquela época quanto é agora. Bem, no quinto ano, ele inventou jogos de multiplicação e divisão para tornar aprender matemática "mais divertido". Ah. Matemática não deveria ser algo divertido. É matemática!

— Muito bem, Sr. Peckleman, mas...

— Vocês querem aquele homem fora da biblioteca, certo?

A mãe de Charles timidamente passou as pontas de dedos pela própria bochecha:

— Talvez.

— Bem, eu sei como fazer isso.

— Sério? E o que o senhor deseja em troca?

— Não muito. Só preciso que falem com aquela garota inteligente do Michigan pra mim. Aquela alta do time Meio-oeste.

— Marjory Muldauer?

— Sim, senhora. Tenho investigado todos os amantes de biblioteca que estão hospedados no meu hotel. Procurando apenas um deles para me ajudar a fazer o que precisa ser feito. Até agora, mais de dez deles já me rejeitaram. Mas tenho um palpite que essa Srta. Muldauer não fará isso.

— O que o faz pensar isso?

— Ela não gosta muito de todos os espetáculos paralelos tolos que existem na biblioteca do Luigi. Suspeito que não se importaria de ver o lugar ser operado por adultos mais responsáveis.

— Mas, Sr. Peckleman, por que o senhor quer que *eu* fale com essa garota em seu nome?

— Porque, Sra. Chiltington, ela escutará alguém refinado e educado como a senhora. E quando *a senhora* lhe oferecer um cartão de "Vá à Faculdade de Graça", tenho a sensação de que a Srta. Muldauer se tornará a resposta tanto para as suas preces quanto para as minhas.

21

A viagem no livromóvel do Time Kyle da Vila Olímpica até a Biblioteca Lemoncello estava extremamente silenciosa na segunda manhã da competição.

Finalmente, Akimi se manifestou:

— Estou me perguntando que tipo de jogos malucos podemos perder hoje.

— Os dois — disse Miguel. — E provavelmente vai ser minha culpa de novo, também.

Kyle também se sentia muito para baixo. Mas, como ainda era o capitão do time, decidiu que precisava fazer um discurso motivacional. Talvez conseguisse convencer até a si mesmo de que eles ainda tinham alguma chance.

— Vamos relaxar, pessoal — falou ele. — Vejam bem... se vocês estivessem jogando *Frenesi Familiar do Sr. Lemoncello* e na primeira e segunda vezes que jogassem os dados vocês caíssem no Reparo de Esgoto e na Carrocinha de Cachorros, vocês desistiriam do jogo?

— Sim — respondeu Akimi. — Consideraria isso um mau agouro.

— Eu não desistiria — falou Sierra. — Especialmente quando você ainda tem muitas rodadas para jogar antes de alguém ganhar.

— Exatamente — disse Kyle. — Bem, temos mais dez rodadas. Nesse momento, o placar está Pacífico um, Meio--oeste um. Tudo o que temos que fazer é ganhar um jogo e estamos empatados no primeiro lugar.

Miguel passou a mão em seu queixo:

— Hmm. Quando você fala dessa forma...

— Ainda estamos no momento empatados no último lugar — falou Akimi.

— Assim como todos os outros — respondeu Kyle, enquanto o livromóvel se encostava a frente da biblioteca.

— Então vamos entrar lá e mudar isso!

— Tá bom — disse Akimi, que era bastante imune a discursos motivacionais. — Tanto faz.

A arrumação na Sala de Leitura da Rotunda estava levemente diferente para o segundo dia da competição.

Os dois círculos de mesas mais próximas ao centro do salão tinham sido interditados para a multidão de espectadores, muitos dos quais subiram para o segundo e o terceiro andares com as câmeras de noticiários, observando a ação de lá.

Kyle notou que o Sr. Peckleman, o proprietário do hotel, estava na multidão reunida nas mesas restantes do primeiro andar. Ele olhava de forma estarrecida para a Cúpula das Maravilhas.

— Ah, a migração do grou-canadense! — Kyle o ouviu exclamar para ninguém em particular. — Não é maravilhoso?

Toda a parte inferior da Cúpula das Maravilhas tinha sido transformada em uma esvoaçante revoada de pássaros, cruzando um céu inacreditavelmente azul, atravessando uma paisagem desértica de cor de barro.

— Bem-vindos, ratos de biblioteca!

Kyle olhou para cima.

O Sr. Lemoncello tinha acabado de subir na balaustrada da sacada do lado de fora de sua suíte particular — no terceiro andar! Ele usava um capacete de aviador de couro com óculos e tinha um par de asas com penas amarradas às costas.

— Hoje — anunciou o Sr. Lemoncello —, em nossas provas de números três e quatro, vocês usarão a biblioteca para ajudar sua imaginação a levantar voo, assim como estou prestes a fazer.

— Não! — gritou a Sra. Lonni Gause, a bibliotecária holográfica exausta, que apareceu atrás do balcão de circulação. — Não pule! Você acabará como um monte de ossos contorcidos, exatamente como a velha biblioteca acabou como um monte de ruínas destroçadas! E eles voltarão! Os odiadores de livros com suas escavadeiras! Eles sempre voltam! Eu os escuto se aproximando pela Rua Principal agora!

— Não tema, Sra. Gause — bradou o Sr. Lemoncello. — Se alguém algum dia ameaçar novamente essa biblioteca, eu voarei para socorrê-la, da mesma forma que deveria ter voado anos atrás. Mas, infelizmente, estava muito ocupado fazendo negócios em Pequim para voltar para casa e salvar minha amada biblioteca, fazendo-os perguntar "Onde está Wally?", apesar de meu nome ser, até hoje, Luigi. Seguindo adiante. Eu gostaria de citar a letra de Rodgers e Hammerstein... algo que é extremamente fácil de fazer quando se está numa biblioteca perto do 782.14 e todas aquelas magníficas canções de musicais da Broadway... "Eu giro, eu flutuo, eu fujo rapidamente, eu voo!".

O Sr. Lemoncello saltou da balaustrada.

Dois mil espectadores arfaram. Vários tamparam os olhos.

Uma pena. Perderam tudo.

O Sr. Lemoncello flutuou em um arco gracioso, então se ergueu em velocidade para se juntar aos gansos canadenses em migração que agora se agrupavam em uma formação em V nas telas de vídeo da Cúpula das Maravilhas.

Depois de guiar os gansos na direção de Montreal, o Sr. Lemoncello desceu para saudar as estátuas empoleiradas sobre os pilares na base da cúpula. Os heróis holográficos eram mais uma vez diferentes. Kyle girou para poder ler todos os seus nomes: Amelia Earhart, Charles Lindbergh, Neil Armstrong, Bessie Coleman, Jimmy Doolittle, Howard Hughes, Sally Ride, Billy Mitchell, os Tuskegee Airmen e algum tipo de monge cujo pedestal estava rotulado como "Eilmer de Malmesbury".

— São todos aviadores famosos — falou Miguel, enquanto o Sr. Lemoncello executava uma pirueta com os joelhos encolhidos e disparava em volta da rotunda como Peter Pan.

Na verdade, ele voou *exatamente* como o astro de uma produção viajante de *Peter Pan* que Kyle tinha visto no centro cívico.

Porque agora, nos raios de luz do sol que passavam pelas janelas arqueadas na base da cúpula, Kyle podia ver cabos presos a um arreio debaixo das asas do Sr. Lemoncello.

Enquanto ele abria os braços e flutuava em direção ao chão, a plateia aplaudia alucinadamente.

— Obrigado, obrigado — disse o Sr. Lemoncello, quando seus pés finalmente tocaram o solo.

Ele se livrou do arreio voador, e as asas subiram em direção ao teto.

— Caramba! Isso é quase tão divertido quanto as escaladoras. Quase. Times, seu primeiro desafio hoje é fazer suas ideias levantarem voo, algo que é muito fácil dentro de uma biblioteca.

— Contanto que ninguém venha derrubá-la com uma escavadeira! — gritou a Sra. Gause, cuja imagem bruxuleante ainda estava sendo projetada atrás do balcão de circulação.

— Sim. Obrigado por isso, Lonni. — O Sr. Lemoncello levantou seus óculos. — Dra. Zinchenko? Pode fazer o favor de assumir? Devo reunir nosso estimado painel de jurados.

— Claro.

A Dra. Z apareceu atrás da mesa central como um fantoche. A Sra. Gause desapareceu.

— Surpreenda-me! — bradou o Sr. Lemoncello, enquanto disparava na direção das enormes estantes de livros de ficção e desaparecia através de outra porta secreta que deslizava lateralmente nas prateleiras.

— Times — falou a Dra. Zinchenko —, em cada uma das suas mesas de trabalho vocês encontrarão uma folha de papel tamanho Carta, um clipe de papel padrão, oito centímetros de fita, uma sacola plástica contendo cola e um grampeador carregado com três grampos.

Kyle e seus companheiros de equipe checaram sua mesa de leitura. Tudo na lista de suprimentos da Dra. Z estava arrumado em uma fileira organizada.

— Para vencer a primeira competição de hoje, vocês devem projetar o avião de papel que fica no ar por mais tempo. No caso de um empate, nosso estimado painel de jurados também concederá pontos por estilo e o que os aviadores chamam de arrojo.

Na mesa do time do Meio-oeste, Marjory Muldauer levantou a mão no ar e a sacudiu irritantemente.

— Sim? Você tem uma pergunta?

— Apenas uma — falou Marjory, cruzando os braços sobre o peito. — O que construir um avião de papel tem a ver com o estudo de ciências bibliotecárias?

— Simples — respondeu a Dra. Zinchenko. — O teste de voo acontecerá em três horas, precisamente à uma hora da tarde. Vocês podem usar este intervalo e os vastos recursos da biblioteca para fazer pesquisa antes de construir seus aviões. Ou não. A escolha, como sempre, é de vocês.

22

A sala dos 700s no segundo andar (cujo nome era uma referência à designação decimal Dewey para as artes) estava lotada de atletas olímpicos da Biblioteca.

Cada time tinha subido os degraus correndo, esperando ser o primeiro a pegar *O livro do avião de papel*, de Seymour Simon. Seu número de referência era 745.592.

Felizmente, a Biblioteca Lemoncello tinha oito exemplares do livro em suas prateleiras.

— Pessoal? — sussurrou Miguel, depois que o time pegou seu exemplar e se reuniu debaixo de uma tabela de basquete de espuma em um canto isolado para poderem conversar sem que os outros times escutassem o que estavam falando. — Todo mundo está lendo esse mesmo livro.

— Porque há todo tipo de projeto de aviões de papel bacanas aqui — disse Sierra.

— Mas — falou Kyle —, se seguirmos um desses esboços, nosso avião acabará sendo igual ao de todos os outros.

— Precisamos do meu pai — disse Akimi.
— Hein? — falou Miguel.
— Bem, não o meu pai, exatamente. Mas alguém com seu cérebro de arquiteto-barra-engenheiro.

Miguel bateu com a palma da mão em sua testa. Ele teve uma ideia.

— Engenharia aeroespacial — sussurrou ele.
— É 629.1 — acrescentou Sierra.

Foi a vez de Akimi dizer:
— Hein?
— Sinto muito. Esse é o número decimal Dewey para engenharia de aviação.
— Ah. Certo. Eu sabia.
— Fica na porta ao lado — disse Kyle, examinando os outros times. Todos os sete tinham se acomodado em estações de colaboração para estudar o livro de aviões de papel. — Pessoal, preciso que me acompanhem.

Ele fechou ruidosamente seu exemplar do livro de aviões de papel:

— Certo, time. Acho que isso vai funcionar. Vamos lá. Vamos dobrar um pouco de papel e usar nosso clipe.
— E a cola — falou Akimi. — Não se esqueça, temos bastante cola.

Os quatro companheiros de time saíram da sala dos 700s. Miguel assoviava casualmente. Sierra acompanhava cantarolando.

Os outros times estavam muito ocupados debatendo o projeto de seus aviões de papel para prestar atenção neles.

Quando Kyle, Akimi, Miguel e Sierra entraram sorrateiramente pela porta ao lado para a sala dos 600s, o lugar estava vazio. Como essa sala era toda sobre tecnologia e ciências aplicadas, o time passou por várias exibições animadas e dioramas retratando invenções e um sobre gases industriais, que usava a tecnologia de telecheiro patenteada pelo Sr. Lemoncello e fedia a ovos podres.

— Ótimo — murmurou Akimi. — Tivemos que entrar aqui logo no dia do enxofre.

Quando viraram a esquina no fim de uma estante de livros rotulada 629-632, viram a imagem holográfica de um homem careca com um bigode espesso projetada atrás de uma mesa. Ele vestia um terno de lã de três peças e brincava com um pequeno foguete em suas mãos.

— Ele se parece com Robert Goddard — disse Akimi. — Meu pai me contou sobre ele. Goddard inventou o primeiro foguete de combustível líquido.

— Ele também está num selo velho do correio aéreo — falou Miguel.

Os outros olharam para ele com expressões perplexas.

— Colecionar selos é um hobby muito interessante.

— Robert Goddard realmente era um cientista de foguetes — disse Akimi. — Talvez ele possa nos ajudar a projetar um avião de papel melhor.

Os companheiros de time se aproximaram da mesa de metal muito real do holograma.

— Olá — falou o holograma —, meu nome é Robert. Podem me chamar de Bob. Eu projetava e construía aviões e espaçonaves. Quando tinha a idade de vocês, eu era considerado um nerd. Agora estou num selo do correio aéreo.

— Viram só? — disse Miguel. — Não falei?

— Professor Goddard — falou Akimi —, qual é o melhor modelo para o nosso avião de papel?

— Depende do seu objetivo. Você está pensando em distância ou acrobacias aeronáuticas?
— Distância, senhor — respondeu Akimi. — Quem conseguir manter seu avião de papel por mais tempo no ar ganha.
— Então vocês devem dobrar no que nós, cientistas de foguetes, chamamos de planador.
— Porque ele plana? — perguntou Kyle.
— Precisamente. Sugiro que façam uma Gaivota. Lembrem-se de alinhar os flaps das asas para melhorar o equilíbrio. Deixem o ângulo do diedro reto ou levemente inclinado, os estabilizadores verticais em aproximadamente 45 graus para o plano das asas...
— O avião tem um plano? — Kyle estava totalmente perdido.
— Continue — falou Akimi, que aparentemente compreendia o linguajar de engenheiro.
— Não use os elevadores, ou sua aeronave vai cair.
— Sem problema — disse Miguel. — Sempre usamos as escadas em espiral.
Akimi e Goddard o encararam.
— Não ligue para esses sujeitos — falou Akimi. — Entendi o que você quis dizer. Meu pai projetou as portas frontais da biblioteca.
— Incorporando a velha porta do cofre do banco?
— Sim.
— Estou impressionado — disse Bob. — Vai ser você que vai lançar a aeronave?
— Sim — responderam Kyle, Miguel e Sierra.
— Excelente. Use um lançamento fraco ou médio segurando pela parte de baixo do nariz. Essa aeronave voa melhor quando lançada em linha reta ou com um leve

ângulo inclinado para cima de um lugar alto. Um esquema detalhado com instruções completas está disponível na gaveta de cima da minha mesa. Boa sorte. E boas dobraduras de papel!

Robert Goddard desapareceu.

Kyle abriu a gaveta da escrivaninha.

Havia oito cópias do projeto do avião de papel Gaivota.

— Acho que tem um para cada time — disse ele.

— Se eles pensarem em vir aqui — falou Miguel.

Mas nenhum deles tinha pensado nisso.

Estavam muito ocupados, em suas mesas de trabalho na Sala de Leitura da Rotunda, dobrando os aviões de papel que tinham escolhido daquele livro da sala dos 700s.

À uma da tarde, os oito times trouxeram sua aeronave terminada para o terceiro andar.

Os oito lançadores designados se aproximaram da balaustrada da sacada, onde se juntaram a eles a Dra. Zinchenko e o painel de jurados holográficos: Orville e Wilbur Wright, Amelia Earhart, Neil Armstrong e Leonardo da Vinci.

Os espectadores estavam formando um círculo em volta da rotunda, em ansiosa expectativa para a decolagem dos aviões de papel.

Leonardo, paramentado com seus robes esvoaçantes e chapéu flexível da Renascença, fez a contagem regressiva para o lançamento:

— *Cinque, quattro, tre, due, uno...* decolar!

Oito aviões de papel levantaram voo. A multidão aplaudiu, torcendo por suas aeronaves favoritas.

— Esse é um pequeno lançamento para uma folha de papel — disse Neil Armstrong — e um impulso gigantesco para a papelada.

A maioria dos aviões de papel flutuava em círculos fechados, descendo em espiral pelos três andares abaixo da cúpula em um ou dois minutos.

A Gaivota cuidadosamente construída de Akimi, no entanto, permaneceu no ar por quatro minutos inteiros. A plateia prendeu a respiração, assombrada, enquanto ela seguia planando, quase sem perder altitude. Finalmente, depois do que pareceu uma eternidade, ela delicadamente flutuou até o chão, onde fez um pouso suave.

— Uhu! — gritou Kyle.

Ele olhou para baixo e viu o pai de Akimi na plateia no primeiro andar. Este marchou até o planador vencedor, orgulhosamente o apanhou do chão e fez um sinal de positivo para sua filha!

— Obrigada, pai! — gritou Akimi.

Orville e Wilbur Wright anunciaram que o planador do time local tinha acabado de bater um novo recorde de tempo de voo *indoor* para um "avião de papel dobrado à mão".

— E ele não se perdeu — acrescentou Amelia Earhart.

Akimi recebeu a medalha Ases Indomáveis em nome do time das mãos da Dra. Zinchenko.

E, em um piscar de olhos, os Heróis Locais estavam empatados no primeiro lugar.

23

— E agora — anunciou a Dra. Zinchenko —, está na hora do segundo jogo de hoje. Por aqui, por favor.

As equipes a seguiram da balaustrada do terceiro andar até o Centro Eletrônico de Aprendizado, que ficava próximo. Todos os videogames e simuladores de voo estavam desligados. A área do fliperama estava assustadoramente silenciosa. Kyle notou algo novo naquela que sempre tinha sido sua sala favorita na biblioteca: uma parede inteira estava coberta, do chão ao teto, por uma tela de vídeo panorâmica (apesar de estar em branco). Enquanto Kyle apertava os olhos na direção do amplo espaço de branco brilhante, ele notou uma série de luzes de LED verdes brilhantes espaçadas uniformemente na altura dos olhos na parede.

Kyle não foi capaz de se aproximar para examinar a tela, porque a área cinco metros diretamente em frente a ela tinha sido interditada com uma série de estacas de bronze e cordas de veludo.

De repente, o chão do outro lado das cordas se abriu. Dele saiu a cabeça sorridente e o pescoço extremamente longo de um apatossauro — o que todo mundo costumava chamar de brontossauro, graças aos *Flintstones*.

O dinossauro gigante tinha folhas presas entre seus dentes. Seu hálito fedia a salada rançosa, apresentando um cheiro pior do que o refeitório da escola naquela vez em que todas as geladeiras pararam de funcionar na terça-feira dos tacos.

— Woo-wee! — berrou o Sr. Lemoncello, que, com uma fantasia completa de vaqueiro, estava montado sobre uma sela amarrada em volta do pescoço do gigantesco apatossauro audioanimatrônico. — Eu sabia que os dinossauros estavam extintos, mas não sabia que também eram tão fedidos. — Ele respirou fundo. — Ah, o telecheiro não é maravincrível?

Ele soltou alguma espécie de cinto de segurança e saltou de sua sela.

— Obrigado, Brontie — disse ele ao grande apatossauro. — Por falar nisso, adoro sua irmã, Charlotte. Agora, por favor... passe fio dental.

A enorme criatura rugiu agradavelmente, chacoalhando todas as telas de vídeo apagadas na sala de jogos, então desapareceu novamente no chão, que se fechou em volta dela como um aro de ladrilhos que ruía.

— Como o dia de hoje é todo sobre os voos da imaginação e a imaginação dos voos, nossa próxima competição dirá qual de vocês seria o pterodáctilo pré-histórico paleontologicamente perfeito.

O Sr. Lemoncello abriu os braços na direção da grande tela cobrindo a parede ao fundo.

— Essa sala foi recentemente equipada com o revolucionário Gesticulatron Gameware da minha Fábrica de Imaginação. Sensores de movimento naquela enorme parede de vídeo podem ler a linguagem corporal de um jogador e usar gestos humanos para controlar as ações de seu avatar dentro do videogame. Sim, com o Detector de Movimento Gesticulatron da Lemoncello, você pode voar pelo céu como Harriet, a Pequena Espiã, se Harriet, a Pequena Espiã, pudesse voar.

Marjory Muldauer suspirou de forma muito audível e, mais uma vez, levantou o braço.

— Vejo em meus próprios sensores internos de gesticulação que temos uma pergunta — disse o Sr. Lemoncello. — Ou isso, ou a Srta. Muldauer está tentando chamar um táxi aqui dentro.

Todas as outras crianças (incluindo os companheiros de time de Marjory) riram.

Marjory os ignorou.

— Sim, Srta. Muldauer? — falou o Sr. Lemoncello.

— O que voar como um dinossauro tem a ver com bibliotecas?

— Na verdade — respondeu o Sr. Lemoncello —, pterodáctilos não eram dinossauros, mas apenas répteis voadores que existiram desde o Triássico Superior, passando pelo Jurássico e sobrevivendo durante a maior parte do Cretáceo. Eles perderam, no entanto, a Era da Disco Music e ficaram extremamente gratos por isso. Tive acesso a todas essas informações pela primeira vez, há muitos anos, na minha biblioteca local. Agora podemos aprender ainda mais trazendo essas criaturas extintas de volta à vida virtual, porém historicamente precisa. É assim que a biblioteca do futuro pode apresentar os fatos do passado. Dra. Zinchenko? Faça o favor de explicar como essa próxima competição será disputada. — Ele puxou as franjas de sua calça apertada. — Estarei monitorando essa quarta competição de minha suíte particular no fim do corredor. Preciso tirar essa calça que está roçando na minha perna.

Com as esporas tilintando, o Sr. Lemoncello saiu relaxadamente do Centro Eletrônico de Aprendizado.

— Para a nossa próxima competição — anunciou a Dra. Zinchenko —, cada time vai escolher um jogador que se apresentará aqui em duas horas. Seu voador escolhido controlará o voo de um único pterodáctilo com gestos dos braços e movimentos do corpo. O primeiro jogador a alcançar a linha de chegada de nossa pista de obstáculos aéreos será o segundo medalhista de hoje. O horário da largada é quatro da tarde. Até lá, todos os vastos recursos da biblioteca estão disponíveis para vocês. Incluindo, obviamente, todos os jogos aqui no Centro Eletrônico de Aprendizado.

As telas de vídeo apagadas em todos os consoles de jogos que ocupavam a sala ganharam vida. Apitos, buzinas, sinetas, gritos de guerra e música tecno encheram o ar.

— Demais — falou um garoto do time Sudeste, quando o simulador do Mars Rover se acendeu. — Quem quer correr em volta dos anéis de Saturno comigo?

Kyle ficou tentado.

Na verdade, ele estava praticamente babando.

Então Akimi bateu em seu ombro:

— Você vai pilotar nosso pterodáctilo, correto?

— Claro. Se vocês acharem que eu devo.

— Sim — respondeu Miguel. — É um videogame. Você é o nosso gamer.

— A única vez que voei — disse Sierra — foi com Max, Fang, Iggy e Nudge nos livros da série Maximum Ride, de James Patterson.

Kyle olhava fixamente para todas as crianças disparando pelo espaço sideral, arremessando bolas de fogo em muros de castelos com catapultas ou mergulhando com golfinhos nas telas brilhantes de jogos que o cercavam.

— Então — falou ele —, onde eu aprendo sobre dinossauros?

— Na sala dos 500s — responderam seus companheiros de time em uníssono (porque todos tinham prestado atenção àqueles exercícios de sistema decimal Dewey depois das aulas).

— É no andar de baixo — disse Akimi. — Logo abaixo de onde estamos. Você não tem como errar. Tem um enorme apatossauro chamado Brontie lá dentro.

Com a ajuda dos seus companheiros de equipe, Kyle encontrou diversos livros sobre criaturas voadoras da era pré-histórica.

Pterodáctilos tinham asas formadas por uma pele fina e uma membrana muscular que se esticava de um de seus dedos alongados até seus membros posteriores. Eles se pareciam com pipas de nariz pontudo e quatro patas.

— Eles se alimentavam de carne e peixe — falou Miguel.
— Acho que não iam querer saber daquele alpiste que o Andrew está sempre despejando nos comedouros de aves que o Sr. Peckleman tem no hotel.
— Por que aquele velho maluco gosta tanto de pássaros? — perguntou Akimi, folheando um livro de imagens de dinossauros. — Tem um monte de cocô branco de passarinho espalhado sobre os carros no estacionamento.
— Ele tem o cérebro de um passarinho — disse Miguel.
— Sacou? Cérebro de passarinho?
— Sim — falou Akimi. — Saquei.

— Você já jogou um desses jogos de sensor de movimento? — perguntou Sierra a Kyle.

— Uma vez. Meu primo tem um Kinect no Xbox 360 dele. Nós jogamos um jogo em que você dá chutes de karatê e dispara raios um no outro.

— Maneiro — disse Miguel.

— Muito. Mas estou achando que a tecnologia Gesticulatron do Sr. Lemoncello é bem mais sofisticada.

O time de Kyle não era a única equipe na sala dos 500s fazendo pesquisa sobre dinossauros. Vários outros times tiveram a mesma ideia. Basicamente todos os livros sobre pterossauros (das palavras gregas para "asa" e "lagarto") voavam das prateleiras.

Quando eram quase quatro horas, um garoto magro de calça jeans do time do Sudoeste caminhou até onde Kyle, Akimi, Sierra e Miguel estavam jogados em pufes que lembravam ovos de dinossauro.

— Excelente demonstração de engenharia de aviação — disse ele. — Seu projeto de planador era impecável.

— Obrigada. Sou Akimi Hughes. — Ela esticou a mão. — Fui a engenheira-chefe no projeto do avião de papel.

— Sou Angus Harper. Do Texas.

— Meu pai é engenheiro — falou Akimi, soando um tanto satisfeita. — Acho que já nasci com a facilidade para projetar coisas.

Harper balançou a cabeça:

— Meu pai é piloto de teste. Ele tem me dado aulas de voo desde os 6 anos.

— Você está brincando — disse Kyle, fechando o livro de dinossauro.

— Não. Já me ofereceram um lugar na Academia da Força Aérea dos Estados Unidos.

— Apesar de você ainda estar cursando o ensino fundamental? — perguntou Sierra.

— Bem, acho que alguns de nós "já nasceram com a facilidade" para voar.

— Então — falou Miguel, limpando a garganta —, quem vai pilotar o pterodáctilo em seu time?

— Acho que eu deveria tentar. Vejo vocês lá em cima.

Angus Harper se afastou lentamente.

— Então — disse Kyle a Sierra —, me conta sobre aqueles garotos do Maximum Ride. Como exatamente *eles* voavam?

— Mutação genética — respondeu Sierra.

— Ah. Acho que realmente não temos tempo para isso...

— Não se preocupe, cara — disse Miguel a Kyle. — Se o Tornado do Texas levar a próxima medalha, ainda estaremos empatados no primeiro lugar.

— Sim — falou Akimi. — Com outros três times.

Exatamente às quatro horas da tarde, Kyle estava de pé sobre um par de pegadas verdes brilhantes em uma fila com outros sete competidores de frente para a parede de vídeo em branco.

Câmeras de televisão foram posicionadas no Centro Eletrônico de Aprendizado para que os espectadores, na biblioteca e em casa, pudessem assistir à grande corrida de répteis voadores. Os marcadores iluminados no chão deixavam dois metros de espaço entre cada jogador. Dessa forma, eles tinham espaço suficiente para bater e sacudir os braços.

Angus Harper estava à direita de Kyle.

Uma garota do time Nordeste, vestindo um véu muçulmano, estava à sua esquerda.

E encarava Kyle.

— Hmm, oi — disse ele. — Eu sou o Kyle.

— Sim. Estou ciente desse fato.

— Então, hmm, qual é o seu nome?

— Abia Sulayman. E logo você estará engasgando com a fumaça do meu cano de descarga.

Kyle balançou a cabeça:

— Bom saber.

A Dra. Zinchenko andava de um lado para o outro diante dos competidores, as mãos acopladas firmemente em suas costas.

— Os sensores de movimento na tela detectarão movimentos dos seus braços, da sua cabeça e do seu torso — explicou ela. — Não saiam dos seus marcadores de pegada em nenhum momento da corrida de hoje. Se saírem, perderão o controle de seu réptil voador e ele vai cair. Se quiserem ir para a esquerda, inclinem-se nessa direção. Para ir para a direita, inclinem-se para a direita. Ergam a cabeça para ganhar elevação; olhem para baixo na direção do chão para mergulhar ou descer. Quando abanar os braços, seu pterodáctilo baterá as asas. Alguma pergunta?

— Sim, senhora — falou Angus. — Como damos um gás no nosso passarinho? Eu sinto a necessidade... a necessidade de velocidade.

— Para acelerar, simplesmente movimentem seus braços mais rápido. No entanto, estejam avisados: quanto mais rápido vocês voarem, mais energia seus pterodáctilos consumirão. Seu avatar alado terá um ícone de "bateria de vida" brilhando na sua parte traseira. Se vocês queimarem todo seu combustível, vocês também vão cair. O objetivo do jogo é ser o primeiro a alcançar em segurança a cratera do vulcão na ilha do outro lado do mar.

Enquanto a Dra. Zinchenko falava, a parede atrás dela se transformava em um espetacular mundo pré-histórico. Kyle podia ver dinossauros mastigando folhas de galhos altos de árvores ao longe na floresta tropical. Então um tiranossauro rex rugiu e veio caminhando pela selva frondosa, fazendo com que uma manada saltitante de velociraptores guinchasse e fugisse. Era como estar dentro do filme *Jurassic Park*. Todas as criaturas sobre as quais tinha lido e estudado nos livros sobre dinossauros no andar de baixo agora perambulavam pela tela de vídeo gigante à sua frente.

— Tragam oito pterodáctilos — bradou a Dra. Zinchenko.

Instantaneamente, oito criaturas aladas apareceram na tela, uma estacionada em frente a cada jogador.

— Abanem seus braços — instruiu a Dra. Zinchenko.

Os oito competidores fizeram o que ela mandou. Os répteis voadores movimentavam suas asas para cima e para baixo em sincronia com os equivalentes humanos.

De repente, uma enorme imagem do rosto do Sr. Lemoncello apareceu na parede de vídeo.

— Libertem o kraken! — gritou ele.

E a corrida de pterodáctilos começou.

Kyle abanou os braços e ergueu o queixo.

Seu réptil voador disparou em direção ao céu.

O jogo estava respondendo como o Xbox de seu primo, só que os sensores de movimentos do corpo do Sr. Lemoncello eram, como Kyle tinha suspeitado, muito mais sofisticados.

Ele inclinou seu corpo de lado, e o dino-pássaro passou pela abertura estreita de agrupamento de árvores pré-históricas com vinhas emaranhadas.

Depois de superar aquele obstáculo, Kyle rapidamente se esquivou para a esquerda para escapar da boca aberta de um tiranossauro rex que investia em sua direção. Oito daqueles monstros ruidosos de braços curtos tinham aparecido para atacar os oito pterodáctilos em voo.

Três dos competidores de Kyle foram derrubados, incluindo o garoto do time de Marjory Muldauer.

Angus Harper e Abia Sulayman estavam ao alcance das asas de Kyle. Ele se livrou da armadilha do T. Rex e chegou a uma praia arenosa onde dinossauros menores estavam construindo ninhos. Kyle balançou seus braços e seguiu voando sobre o mar revolto.

No horizonte distante, ele podia ver um vulcão expelindo lava liquefeita. A linha de chegada.

E bateu os braços mais rápido.

Quando fez isso, o ícone de bateria na parte traseira de seu pterodáctilo caiu para três quartos. A Dra. Zinchenko estava certa. Voar rápido drenava sua força vital de dino--pássaro com rapidez.

De repente, outro "réptil voador" dos livros de dinossauros apareceu no céu: um gigantesco pteranodonte com uma envergadura de dez metros. Ele era quatro vezes maior do que os outros seres alados e guinchava para as miniaturas no bando de pterodáctilos.

Kyle manteve a calma e apontou seu réptil para o que ele esperava ser o ponto cego do pteranodonte. A fera maior devorou uma criatura voadora, o que apavorou Stephanie Youngerman, do time Montanha. Ela berrou, saltou para fora de sua marca no chão e caiu no oceano.

Apenas Kyle, Angus e Abia continuavam na corrida.

— Se estivesse voando mais rápido — gritou Angus —, eu alcançaria o amanhã!

— Onde você me encontraria! — bradou a menina.

Os dois jovens abanavam seus braços furiosamente. Os avatares de ambos disparavam como foguetes, deixando uma trilha de fumaça branca no céu sem nuvens.

Kyle podia ver Abia encolher seus braços e ombros, tornando seu perfil insinuantemente aerodinâmico. Ela passou na frente de Angus.

Kyle fez o possível para imitar os movimentos de Abia, mas foi atingido pelo deslocamento de ar causado por ela. Ele movia os braços para cima e para baixo e para cima e para baixo até se parecer com uma bomba de encher pneu de bicicleta endemoniada.

Ele avançava rápido, mas seu ícone de bateria caiu para um quarto. Sua luz verde estava quase ficando vermelha.

E a ilha vulcânica ainda estava a quilômetros de distância.

Seria impossível Kyle chegar sem que sua energia acabasse.

Ele segurou a velocidade, torcendo para que esse jogo de pterodáctilos voadores viesse com alguma espécie de pílula de energia. Na maioria dos videogames havia alguma forma de restaurar a energia depois de ficar enfraquecido, para poder continuar jogando. Mas nesse jogo não havia nada além dos outros dois pterodáctilos, o oceano e o vulcão distante.

Então Kyle se lembrou de algo de sua pesquisa na biblioteca.

O pterodáctilo era carnívoro.

Ele comia carne e peixe.

Talvez houvesse alguns peixes virtuais no oceano virtual abaixo.

Valia a pena tentar.

Ele abaixou o queixo e mergulhou com seu dino-pássaro, então estabilizou sua altitude quando estava apenas alguns centímetros acima das ondas esbranquiçadas do oceano do vídeo.

A água estava repleta de peixes.

Kyle abriu a boca.

O pterodáctilo abriu sua longa mandíbula pontiaguda.

Kyle dobrou o pescoço para abaixar a cabeça.

O pterodáctilo afundou a cabeça e saiu com a boca cheia de peixes.

Kyle ouviu um efeito sonoro de moedas caindo enquanto seu ícone de bateria vermelho ficava verde e crescia de quase vazio para completamente cheio. Erguendo a cabeça, Kyle ganhou altitude e cruzou o céu.

Ele estabilizou e apontou na direção do vulcão. Abia Sulayman, que estava talvez cem metros à sua frente, enguiçou no meio de seu voo. Seu ícone de bateria estava totalmente vermelho. Kyle passou por ela em disparada. Ela caiu como um pedaço de osso fossilizado de dinossauro.

À sua frente, Angus Harper parecia estar voando com o que restava de sua energia — apenas movimentos bruscos para continuar se movendo.

Seu ícone de bateria ficou vermelho exatamente quando Kyle passou em velocidade por ele.

— Você deve ter roubado! — berrou Harper, logo antes de seu pterodáctilo tombar em seu túmulo aquático.

— Não! — gritou Kyle, executando um looping com rotação longitudinal muito elegante ao girar seu quadril. — Só fiz o dever de casa!

Quando o pterodáctilo de Kyle chegou ao vulcão, um balão de ar quente se ergueu da bacia em chamas. Na gôndola de vime do balão estava a imagem virtual do Sr. Lemoncello vestido como o Mágico de Oz.

— Energéticas e esplendorosas congratulações, Kyle Keeley — bradou o Sr. Lemoncello. — Você se esforçou no jogo, mas se esforçou ainda mais nos estudos. Você é o verdadeiro Senhor dos Voadores. Portanto, pelo poder em mim investido pela companhia de energia, apesar deles não saberem que investi em suas ações, eu lhe concedo a medalha Olímpio de Pesquisa por pesca meritosa. Hoje à noite, na Vila Olímpica, para homenagear sua sagacidade, você e seu time poderão se fartar com sanduíches de filé de peixe.

Kyle esperava que também houvesse algum tipo de bolo para o jantar, porque ele e seus companheiros de time definitivamente tinham algo para celebrar.

E, de repente, eles estavam na liderança!

26

Marjory Muldauer observava enquanto o triunfante Kyle Keeley e seu grupo animado de jovens desprezíveis subiam em seu livromóvel.

Todos os quatro estavam alegremente abanando os braços, cumprimentando-se no alto e embaixo.

Marjory ainda não podia acreditar no que tinha acabado de testemunhar. Garotos balançando os braços para cima e para baixo para fazer criaturas de vídeo de mentira voarem até um vulcão falso?

Que vergonha, Sr. Lemoncello, pensou ela, fervendo de raiva. *Se não precisasse de uma bolsa de estudos para ao menos pensar em ir para a faculdade, eu abandonaria esses jogos sem sentido!*

Marjory e seus companheiros de equipe subiram em seu livromóvel para a viagem de volta à Vila Olímpica, que, na sua opinião, era na verdade apenas um hotel de beira de estrada de segunda categoria — o tipo de lugar tipicamente frequentado por viajantes suspeitos e equipes esportivas de escolas de segundo grau. Marjory pegou um livro em uma prateleira nos fundos. *A casa soturna*, de Charles Dickens. Aquilo combinava com o seu humor.

— Vamos esquecer isso tudo, pessoal — aconselhou Margaret Miles, a bibliotecária que era uma das acompanhantes do time Meio-oeste. — Quem se importa se os garotos de Ohio ganharam duas medalhas hoje? Ainda há mais oito competições para disputar. Isso está longe de acabar.

— Aquele Kyle Keeley é bom — falou Nicole Wisniewski, uma das companheiras molengas de time de Marjory. — Ele foi esperto, a forma como recarregou a bateria do pterodáctilo.

— Ele é um gamer — retrucou Marjory. — É claro que ganhou no videogame. Mas não sabe bulhufas sobre o sistema decimal Dewey. Foi por isso que eu o derrotei no jogo de reorganização de livros.

— Na verdade — disse Nicole —, *nós* o derrotamos.

Marjory bufou soltando perdigotos na direção de sua companheira de time:

— É. Até parece. Como se vocês pudessem ter alguma chance sem mim.

— Marjory? — falou a Srta. Miles. — Lembre-se de que essa é uma competição por equipes.

E daí?, pensou Marjory. *Eu estou carregando o time nas costas!*

Para descontrair depois de um dia tão ruim, Marjory seguiu para o saguão do hotel e começou a reorganizar a prateleira de folhetos de turismo.

Todos os outros atletas olímpicos da biblioteca, incluindo os inúteis companheiros de time de Marjory, estavam na pizzaria ao lado, jantando e provavelmente jogando mais videogames entediantes.

Andrew Peckleman, o garoto com os óculos de tamanho olímpico que trabalhava ali, entrou no saguão quando ela estava na metade do trabalho.

— Você está usando um sistema de classificação alfabética ou algo um pouco mais complexo?

— Estou categorizando tudo de acordo com o tipo de atração — respondeu Marjory. — Atividades ao ar livre, locais históricos, oportunidades de compra... com subcategorias, é claro, como moda, antiguidades e lembranças.

— Ah, sim — falou Andrew.

— E, aqui, você encontra opções de refeições.

Andrew sorriu:

— Organização informacional não é incrível?

— Sim — respondeu Marjory. — É certamente mais intelectualmente estimulante do que videogames.

— Dia difícil nas Olimpíadas da Biblioteca?

— Rá! Aquela Biblioteca Lemoncello é tão ridícula e absurda quanto o próprio Sr. Lemoncello.

— Verdade — falou Andrew pelo nariz. — Receio que o Sr. Lemoncello não goste de bibliotecas *qua* bibliotecas.

Marjory quase se engasgou:

— Você usa a palavra *"qua"*?

— Sim — respondeu Andrew, empurrando seus óculos com a ponta do dedo até o alto do seu nariz. — Mas só quando é apropriado.

Uma senhora vestindo uma jaqueta forrada com pele entrou flutuando no saguão.

— Olá, Andrew.

— Ah, olá, Sra. Chiltington. O que traz a senhora até aqui?

— Vim ver a Srta. Muldauer.

— Quem é você? — perguntou Marjory. — E por que você tem um animal morto enrolado em seu pescoço?

— Tem uma leve friagem no ar, querida. Andrew, você faria o favor de nos dar licença? Preciso falar com a Srta. Muldauer em particular.

— Mas...

— Andrew? — Seu tio Woody o chamou do lado de fora da porta da frente. — Precisamos lubrificar os reguladores dos comedouros das aves.

— Justo agora?

— Quanto antes, melhor. Notei que havia um esquilo fazendo um banquete de cabeça para baixo no comedouro número oito. Precisamos dar um fim a isso. Uma superfície mais escorregadia pode cuidar do problema.

— Mas...

— Diga adeus à Marjory, Andrew — sugeriu a Sra. Chiltington.

— Certo. Até mais, Marjory. Tenho que ir trabalhar.

A Sra. Chiltington esperou até que ele e seu tio se afastassem pela entrada do estacionamento.

Então ela atacou:

— Srta. Muldauer, posso ser franca com você?

Marjory deu de ombros:

— Tanto faz.

— Vim aqui essa noite como uma representante da Liga dos Amantes de Bibliotecas Preocupados.

— Quem são eles?

— Um grupo de cidadãos locais que amam bibliotecas e consideram o Sr. Luigi L. Lemoncello uma ameaça a tudo aquilo com que nos importamos.

— Aquele homem é um alucidoido de primeira categoria — falou Marjory.

— É mesmo. — A Sra. Chiltington olhou à sua volta para ter absoluta certeza de que estavam sozinhas no saguão. — Eu estava me perguntando se você poderia ser capaz de ajudar num pequeno... *projeto* meu e do Sr. Peckleman?

— Estou um pouco ocupada tentando ganhar esses jogos.

— Isso não vai ocupar muito do seu tempo. Prometo. Mas, se trabalharmos juntas, tenho confiança de que ficaremos muito satisfeitas com o resultado final.

— O que você quer dizer?

— Com a sua assistência, Marjory, acredito firmemente que convenceremos o Sr. Lemoncello a abandonar suas ideias infantis e perigosamente contagiosas sobre como uma biblioteca deve ser administrada. Algumas coisas não têm espaço em nossos templos de conhecimento. Coisas como videogames de dinossauros voadores.

— Então por que vocês precisam de mim?

— Porque os livros na Biblioteca Lemoncello no momento estão indisponíveis para qualquer um que não seja um dos 32 atletas olímpicos.

— O quê? — falou Marjory, arqueando uma sobrancelha. — Você quer que eu retire um livro?

— Isso mesmo, Marjory. Um livro. Apenas um.

— Não podemos. Não durante os jogos.

— Você me passa a impressão de ser uma jovem bem inteligente. Certamente pode encontrar uma forma de contornar as regras.

— Mas e quanto à minha bolsa de estudos?

— Faça isso para mim e você não precisará do dinheiro do Sr. Lemoncello. O Sr. Peckleman e eu garantiremos pessoalmente os recursos para a sua educação universitária. Pode chamar de um cartão "Vá à Faculdade de Graça". Minha família é extremamente abastada, Marjory. É assim há séculos.

Interessante. Ao remover um livro das pilhas, Marjory podia ajudar esses locais a dar um fim às noções enganadas do Sr. Lemoncello sobre como uma biblioteca deveria ser administrada e, ao mesmo tempo, ganhar uma bolsa de estudos completa para a faculdade.

— Então, o que torna esse livro tão especial?

— Ele é, como dizem, a gota d'água que transborda o copo. Assim que ele for embora da Biblioteca Pública de Alexandriaville, estamos muito confiantes de que o Sr. Luigi Lemoncello também vai querer ir.

Kyle não ficou preocupado quando a Dra. Zinchenko fez seus anúncios matinais na Vila Olímpica no dia três dos jogos.

— As duas competições de hoje serão centradas em livros.

Kyle sabia que Sierra podia cuidar de qualquer coisa intelectual que os desenvolvedores dos jogos enviassem em sua direção.

— Hoje é o seu dia de brilhar — disse ele a Sierra.

— Darei o meu melhor — respondeu ela.

Quando os livromóveis chegaram à Biblioteca Lemoncello, os seguranças, Clarence e Clement, entregaram a cada integrante de cada time um smartphone novinho em folha.

— Vocês precisarão deles para o primeiro jogo de hoje — falou Clarence.

— Mas também podem ficar com eles depois — acrescentou Clement.

Demais, pensou Kyle. Mesmo se seu time perdesse essa rodada, eles todos já tinham descolado brindes bacanas.

Mesas de trabalho foram designadas para os oito times na rotunda. Espectadores se amontoavam nas beiradas da sala circular.

— Por favor, acessem o navegador de internet de seus telefones — disse a Dra. Zinchenko de sua posição atrás do balcão central — e entrem em Lemoncello.it.

Kyle seguiu a instrução. Então ajudou Sierra a fazer o mesmo. Miguel e Akimi se viraram sozinhos.

— Por favor, digitem o código de jogo um-zero-zero--dois-quatro.

Todos os jogadores obedeceram.

— Excelente — falou a Dra. Zinchenko.

Acima de suas cabeças, a Cúpula das Maravilhas se transformou em uma gigantesca tela de jogo que dizia "Bem-vindos à Batalha dos Livros".

— Por favor, digitem seus nomes e sobrenomes e, quando tiverem terminado, cliquem em "Entrar no Jogo". Quando todos estiverem conectados, eu, a mestre de cerimônias, lhes mostrarei uma série de dez perguntas, cada qual com quatro respostas possíveis. Para cada pergunta, vocês terão dez segundos para fazer sua seleção em sua tela do telefone. O Lemoncello.it calculará instantaneamente o seu resultado baseado na correção e na velocidade da resposta. O site então divulgará um placar com os cinco melhores jogadores. No caso de um empate, o time com o maior número de jogadores no top cinco será condecorado com a primeira medalha de hoje, a Libris.

Acima, na Cúpula das Maravilhas, 32 nomes muito coloridos em uma fonte de balão apareceram enquanto os jogadores acabavam de digitá-los em seus telefones.

— Vamos começar — falou a Dra. Zinchenko. — Primeira pergunta: em que livro um personagem joga uma pinha na cabeça de alguém?

Uma música tensa e ansiosa pulsava vindo das caixas de som escondidas da Sala de Leitura da Rotunda.

Quatro respostas foram exibidas na cúpula, cada uma identificada com uma forma geométrica. Um quadrado para *Bem normal*, de Gordon Korman, um triângulo para *Um emaranhado de nós*, de Lisa Graff, um hexágono para *Um bobo*, de Mark Goldblatt, e uma oval para *O cartão postal*, de Tony Abbott.

— O quadrado — sussurrou Sierra.

Kyle, Akimi e Miguel não perderam nenhum tempo duvidando de sua resposta, porque a contagem regressiva já tinha passado de dez segundos para cinco quando eles tinham terminado de ler todas as respostas possíveis.

Um gongo soou quando o cronômetro chegou ao zero. O quadrado vermelho de *Não superado* se acendeu e recebeu um sinal que identificava a resposta correta. De acordo com o placar no teto, trinta dos 32 jogadores tinham respondido corretamente, incluindo, obviamente, todos os jogadores de Ohio.

— Boa, Sierra! — disse Kyle.

— Pergunta dois — falou a Dra. Zinchenko. — A família Watson foi a Birmingham, Alabama, em 1963. Em que cidade a família Watson realmente morava?

Quatro opções preencheram as telas dos telefones: Detroit, Kansas City, Kalamazoo e Flint.

— Flint — disse Sierra.

Todos os jogadores do time da casa clicaram no ícone oval de Flint.

A resposta de Sierra, mais uma vez, estava correta.

— Isso aí — falou Kyle.

De repente, Marjory Muldauer, a duas mesas de distância, saltou de sua cadeira.

— Dra. Zinchenko?

— Sim, Srta. Muldauer?

Ela apontou para Sierra:

— Aquela garota de Ohio está dizendo a seus companheiros de time que respostas dar.

Tremendo um pouco, Sierra também se levantou:

— Isso é contra as regras, Dra. Zinchenko?

Kyle se levantou ao seu lado:

— Você não disse que não podíamos nos ajudar.

— Sim — falou Miguel, se levantando também.

— É isso aí — acrescentou Akimi, enquanto se erguia para se juntar aos seus colegas de time.

— Vocês estão corretos — disse a Dra. Zinchenko. — Não estabeleci especificamente que colaboração seria proibida.

— Mas isso é trapaça! — berrou Marjory. Ela girou e olhou com raiva para Kyle. — Isso não é abane-os-braços-e-faça-a-dança-da-galinha, Kyle Keeley. Isso é sério. Sério como a "Batalha dos Livros". Todo mundo no seu time precisa conhecer o material de trás para frente.

— Concordo com a Srta. Muldauer — bradou o Sr. Lemoncello. Seu rosto enorme, parecendo estranhamente distorcido nas bordas, estava agora preenchendo todas as telas de vídeo sob a cúpula. — Por mais que adore o trabalho em equipe, para esse jogo, vocês todos precisam voar solo, como Han em Star Wars, apesar de ele sempre ter o Chewbacca no assento do copiloto. Mas isso não importa aqui, porque se passa numa galáxia muito, muito distante. Continuem jogando, atletas olímpicos. E, de agora em diante, não deve haver consultas entre colegas de time. Façam o favor de manter seus olhos em seu próprio telefone.

A Batalha dos Livros continuou.

Kyle acertou algumas respostas sozinho, mas demorava mais para responder do que todos os outros, então seu nome nunca mais apareceu no placar. Depois que a nona pergunta foi respondida, Marjory Muldauer, Sierra Russell e uma garota de Knoxville, Tennessee, chamada Jennifer Greene, estavam empatadas em primeiro lugar.

— Aqui está sua pergunta final — falou a Dra. Zinchenko.
— Mais uma vez, vocês terão dez segundos para escolher suas respostas. Em que livro um bebê é adorado por baratas?

Uau! Kyle sabia aquela, porque no último verão ele tinha lido o livro. Ele rapidamente clicou no hexágono roxo de *Gregor, o guerreiro da superfície*, de Suzanne Collins, que também tinha escrito *Jogos vorazes*.

O gongo soou.

A resposta de Kyle estava correta.

A de Sierra, no entanto, não estava.

— Sinto muito — disse ela. — Li esse livro quando tinha 6 anos. Eu esqueci...

— Está tudo bem — respondeu Kyle.

Enquanto isso, na mesa do time Meio-oeste, as pessoas estavam pulando de um lado para o outro e fazendo dancinhas desengonçadas.

Jennifer Greene, do time do Sudeste, também deve ter escolhido a resposta errada. Porque, de acordo com o placar, Marjory Muldauer tinha acabado de ganhar a quinta medalha dos jogos.

— Ainda estamos empatados no primeiro lugar. — falou Kyle, lembrando Sierra daquele fato.

Ela abaixou os olhos:

— Mas eu os decepcionei.

— Na verdade, não — disse Akimi. — Você viu algum de nós ganhar aquele último jogo? Eu achei que o livro da barata era *Harry Potter e o prisioneiro de Azkaban*, porque eles comem cachos de barata na Dedosdemel.

— Ganharemos a próxima medalha — falou Miguel. — Você vai ver.

— Seguindo para o jogo seis — anunciou a Dra. Zinchenko, ainda posicionada atrás do balcão circular do bibliotecário no centro da sala. — Por favor, foquem sua visão na área entre o arco do saguão e a entrada para a Sala das Crianças.

Clarence e Clement entraram na rotunda para abrir caminho. Espectadores graciosamente saíram da frente. Os fortões eram realmente gigantescos.

— Competidores? — falou a Dra. Zinchenko. — Essa será mais uma prova individual. Por favor, escolham um jogador para representar seu time. Um desfile de personagens fantasiados, assim como assistentes de palco carregando acessórios de cena, logo sairá do saguão, caminhará junto à parede dos fundos e sairá pela Sala das Crianças. Seu jogador escolhido reunirá os personagens e acessórios em títulos de livros infantis famosos. O jogador que conseguir descobrir corretamente os títulos e identificar seus autores de forma mais rápida ganhará nossa sexta medalha, a "Isso eu consegui!"

— Joguei um jogo de juntar peças como esse uma vez numa revista — disse Miguel.

— Bom — falou Sierra. — Você deveria ser o nosso jogador para essa rodada.

— De jeito nenhum. Quando você cai do cavalo, o que acontece?

— Você machuca seu traseiro? — sugeriu Akimi.

— Não — respondeu Kyle com uma risada. — Você monta na sela de novo imediatamente.

Miguel concordou:

— Essa é a sua sela, Sierra.

— Não quero perder outro jogo...

— Você não vai perder — disse Kyle. — Você é a nossa rata de biblioteca número um. No bom sentido.

— Não no sentido nojento de um roedor que se esconde entre os livros — acrescentou Akimi.

— Obrigada — falou Sierra. — Acho.

— Que comece o desfile dos títulos! — comandou a Dra. Zinchenko.

Uma fanfarra gravada entoava uma marcha de John Philip Sousa enquanto um sortimento bizarro de personagens fantasiados e carregadores de acessórios saía do saguão, dava a volta na sala circular e entrava na Sala das Crianças.

Kyle não conseguia entender nada do que estava vendo.

Um cavaleiro branco.

Dois carregadores empurrando uma cômoda sobre rodas.

Uma tricoteira trabalhando em uma meia de natal muito longa que se arrastava atrás dela sobre o chão.

Um prato de ovos pintados de verde.

Uma garota carregando uma bolsa roxa brilhante.

Uma atriz vestida como uma bruxa.

Um garoto vestido como um pobre órfão em um dos romances de Charles Dickens, carregando a letra "I".

Três atores cambaleantes vestidos com fantasias de pinguim.

Um buquê de lírios-de-um-dia.

Um ator vestindo uma fantasia de leão.

Uma fatia de presunto sobre um prato.

Um homem empurrando uma carrocinha de pipoca.

Uma lua de papel.

E, finalmente, uma das bibliotecárias de referência de Alexandriaville, a Sra. Maria Simon, carregando um exemplar da revista Time [Tempo] dobrado no meio.

— Oh-oh — falou Kyle. — Isso foi meio esquisito.

— Não — disse Sierra, sua confiança retornando. — É muito fácil. Você só tem que juntar as peças. **Consigo fazer isso.**

— Que bom — falou Akimi. — Porque certamente eu não consigo. Tudo o que pesquei foi *Ovos verdes e presunto*, do Dr. Seuss.

— O quê? — perguntou Kyle. — Como?

— Ei — falou Miguel. — Um sujeito tinha um prato de ovos verdes e outro tinha uma fatia de presunto.

— Ah. Verdade.

Um de cada vez, os times enviaram um jogador para a Sala das Crianças. Quando foi a vez de Sierra, ela entrou e rapidamente saiu com sua lista de títulos de livros e autores:

1. *Boa noite, lua*, de Margaret Wise Brown
2. *Ovos verdes e presunto*, de Dr. Seuss
3. *A bolsinha de plástico roxo da Lilly*, de Kevin Henkes
4. *O leão, a feiticeira e o guarda-roupa*, de C. S. Lewis
5. *Os pinguins do Sr. Popper*, de Richard e Florence Atwater
6. *Píppi Meialonga*, de Astrid Lindgren
7. *Uma dobra no tempo*, de Madeleine L'Engle

— Uau — falou Akimi. — Espere um segundo. Como você pescou a "Píppi Meialonga"? Eu me lembro da senhora tricotando a "meia longa", mas como você descobriu a parte do "Píppi"?

— Fácil — respondeu Sierra. — O menino órfão dickensiano era Pip, de *Grandes esperanças*, e ele estava carregando a letra "I", o transformando em Pip-I ou, você sabe, Píppi.

— Brilhante — disse Miguel. — Eu teria deixado essa passar. Eu poderia ter perdido o Sr. Popper também. Ele era o sujeito empurrando a carrocinha de pipoca, não era?

Sierra balançou a cabeça positivamente:

— E, claro, a Sra. Simon com um exemplar dobrado da revista Time era *Uma dobra no tempo*, de Madeleine L'Engle.

— Boa — falou Kyle. — Isso que eu chamo de montar novamente no cavalo.

Os outros sete competidores acabaram compilando a mesma lista de títulos que Sierra tinha preparado.

Mas ninguém tinha sido tão rápido.

O time da casa tinha ganhado a medalha "I Did It!" e, em um piscar de olhos, estava novamente na liderança.

No quarto dia de competição, no entanto, Kyle e seus companheiros de time não se saíram tão bem.

Eles perderam a medalha Balançando a Lombada para o time Nordeste depois de um jogo acirrado de Twister do Sistema Decimal Dewey. A garota de Rhode Island, Cheryl Space, era extremamente flexível.

O time Meio-atlântico, liderado por um garoto magrelo de Maryland chamado Elliott Schilpp, que era capaz de causar sérios estragos a um prato de comida, levou a medalha Engolindo por ler enquanto comia.

Naquele jogo, disputado no Café Cantinho Literário, cada time tinha que comer pizza enquanto lia um livro homenageado com a Honraria Newbery nos anos 1960 que nenhum dos participantes já tinha lido. Quando a pizza acabasse, eles tinham que responder toda uma série de perguntas de compreensão. A gangue do Meio-atlântico devorou suas pizzas de pepperoni mais rápido do que todos e acertou na mosca cada uma das perguntas sobre as histórias para crianças de Isaac Bashevis Singer.

Kyle parabenizou os garotos de Maryland, Virginia, Delaware e da Pensilvânia.

— Obrigado — responderam eles, soltando arrotos de pizza.

Na viagem de volta para a Vila Olímpica no livromóvel, Kyle percebeu que, ao fim do quarto dia e do oitavo jogo, só sobravam dois dias e quatro jogos.

Marjory Muldauer e o time Meio-oeste também não tinham ganhado nenhuma medalha no dia quatro, então o Time Kyle ainda estava na liderança.

Os Heróis Locais tinham três medalhas.

O time Meio-oeste, estrelado por Marjory Muldauer, tinha duas.

Os times Pacífico, Meio-atlântico e Nordeste tinham cada um uma medalha.

— Pessoal? — falou Kyle, depois de fazer a matemática mental. — Só precisamos ganhar *mais duas medalhas* para sermos campeões!

Mais uma vez, Miguel começou a cantarolar aquela velha canção do Queen:

— *We are the champions.*

Akimi se juntou a ele. Sierra também.

Então os companheiros de time entraram no refrão harmonizando com quatro vozes:

— *We are the champions, my friend!*

Kyle sorriu.

Ele estava definitivamente ansioso para a chegada do próximo dia de bolo.

— Sobre o que você e a Sra. Chiltington conversaram? — perguntou Andrew Peckleman a Marjory Muldauer.

Eles estavam sentados juntos no pátio perto da lareira externa a gás do hotel, que estava gelada.

— Sobre como nós duas odiamos o que o Sr. Lemoncello está fazendo em sua suposta biblioteca. Você sabe que jogo insano ele nos fez disputar hoje? Ler enquanto comíamos.

Andrew sacudiu a cabeça sem acreditar.

— E a comida era pizza! Pizza oleosa, gosmenta e cheia de queijo!

— Derramamento de pizza pode causar enormes danos a livros — disse Andrew. — Já vi acontecer. Na época em que era assistente de biblioteca na escola.

— Reclamei sobre a bagunça, mas o Sr. Lemoncello apareceu numa tela de vídeo para nos lembrar de que todos os livros sendo usados na competição de ler-e-comer eram edições em brochura.

— Como se isso fizesse alguma diferença.

— Exatamente. O louco do Lemoncello disse que livros em brochura serviam para serem levados à praia, onde haveria loção de bronzear, picolés derretendo e areia respingando nas páginas.

— Que ridículo.

— Eu sei. Mas o Lemoncello disse que livros não fazem nenhum bem a ninguém quando permanecem fechados. Disse que livros precisavam ficar com as lombadas rachadas, com as capas abertas e com as páginas amassadas para ganharem vida.

— O homem é uma ameaça — falou Andrew.

— Ele é um lunático.

— E precisa ser detido.

— Não se preocupe. Estamos trabalhando nisso.

— Sério? Como?

Marjory estudou o garoto com jeito de nerd por causa de seus óculos de lentes grossas. Sim, parecia ser um verdadeiro amante de biblioteca, mas Marjory não podia confiar nele. Não podia confiar em ninguém — não quando o futuro da biblioteconomia estava em jogo.

— Não posso dizer — respondeu ela. — Mas não fique surpreso se o Sr. Lemoncello sair da cidade. Ouvi dizer que ele já deu as costas a Alexandriaville antes.

— Bem, ele foi embora quando tinha mais ou menos 18 anos — disse Andrew. — Ele se mudou para Nova York para abrir sua empresa de jogos.

— E — falou Marjory —, segundo o que ouvi, nunca voltou até criar esse plano louco de construir uma nova biblioteca no velho prédio do banco como uma enorme jogada publicitária.

— Onde ouviu falar disso?

— Com a Sra. Chiltington.

— Hmm. O Sr. Lemoncello nos disse que ele construiu a biblioteca para homenagear a memória da Sra. Gail Tobin. A bibliotecária que o ajudou tanto quando ele tinha a nossa idade.

— Rá! Você acreditou nisso? Esse é só o toque sagaz que o departamento de marketing do Sr. Lemoncello deu ao golpe. — Marjory se levantou. — Mas não se preocupe, Andrew. Sua biblioteca pública logo será uma verdadeira biblioteca pública. O Sr. Lemoncello a entregará a um conselho local de administração e fugirá.

— E não vai voltar?

— Duvido muito.

— Uau. Obrigado. Eu acho.

— De nada. Com licença. Preciso de uma 641.2.

— Claro. Aprecie sua bebida.

Marjory entrou marchando no saguão do hotel, esperando encontrar uma garrafa gelada de água. Mas, obviamente, as únicas bebidas gratuitas que o pessoal das Olimpíadas da Biblioteca Lemoncello tinha colocado no gelo nos refrigeradores abertos eram leite achocolatado, leite com sabor de morango e dez tipos diferentes de refrigerante, incluindo algo chamado Limorango Borbulhante do Sr. Lemoncello. Todos horríveis.

— Não existe Limorango, Sr. Lemoncello —, murmurou Marjory. — Pesquise. É 634.334. Limões como um fruto de uma árvore. Isso significa que limão é limão!

De repente, uma voz bradou em um megafone:

— Quem gostaria de disputar outro jogo?

O Sr. Lemoncello. Parecia que ele estava logo do lado de fora.

— Por favor, todos os atletas olímpicos da biblioteca juntem-se a mim na piscina. Está na hora de *mergulhar* em outro jogo!

— Vamos, Marjory — gritou Margaret Miles, a treinadora do time Meio-oeste, correndo pelo saguão. — Só estamos uma atrás.

— Achei que só deveríamos disputar dois jogos por dia.

Margaret Miles riu:

— Você conhece o Sr. Lemoncello. Ele gosta de manter as coisas um pouco imprevisíveis.

E é por isso que ele não deveria ter permissão para nem chegar perto de uma biblioteca, pensou Marjory.

Bibliotecas representam ordem, controle, precisão e previsibilidade!

E seria exatamente assim que a Sra. Chiltington e sua Liga dos Amantes de Bibliotecas Preocupados cuidariam das coisas quando se tornassem o conselho de administração encarregado daquilo que costumava ser a Biblioteca Lemoncello.

Para ajudá-los a ter sucesso (e para receber sua bolsa de estudos do Fundo Familiar Willoughby-Chiltington), tudo o que Marjory tinha que fazer era remover um livro das prateleiras da biblioteca.

Ela não tinha nenhuma apreensão em relação àquilo. Nenhuma dúvida ou preocupação.

Afinal de contas, isso era o que uma biblioteca deveria fazer: emprestar livros, não pingar molho de pizza sobre suas páginas.

Ela planejava pegar emprestado o livro que a Sra. Chiltington tinha solicitado no dia seguinte.

Marjory ganharia seu cartão "Vá à Faculdade de Graça".

E, se as coisas acontecessem da forma que a Sra. Chiltington disse que aconteceriam, a Biblioteca Pública de Alexandriaville finalmente se livraria de Luigi Lemoncello.

31

— Surpresa! — gritou o Sr. Lemoncello.

Marjory estava de pé de um lado da piscina do hotel com os outros competidores e seus treinadores. O tolo bufão, o Sr. Lemoncello, e sua bibliotecária chefe, a Dra. Zinchenko, estavam de pé do outro lado.

— Assim como uma biblioteca entra em contato com a comunidade que a cerca — falou o bilionário bizarro —, o mesmo acontece com os jogos da primeira Olimpíada da Biblioteca!

— Então nós vamos, tipo assim, disputar o jogo número nove bem aqui? — perguntou o garoto louro da Califórnia, que Marjory já tinha decidido que era um idiota. — Esta noite?

— Absolutamundo — respondeu o Sr. Lemoncello. — E, apesar de não ser fácil ser ruim, esse próximo jogo é. Fácil, não ruim. Quer dizer, eu já conheço as respostas, o que torna qualquer teste mais fácil, não concordam?

A Dra. Zinchenko apertou uma caixa de interruptor com a ponta de seu sapato de salto alto vermelho. Uma bomba de ar elétrica ganhou vida de forma ruidosa para inflar uma enorme tela de cinema que se erguia ao seu lado como um balão de gorila gigante na entrada de uma concessionária de carros usados.

— Nosso nono jogo — falou a Dra. Zinchenko — é inspirado pela classificação 510 do sistema decimal Dewey.

— Matemática! — gritou Marjory, cerca de meio segundo antes de qualquer outra pessoa.

— Correto — disse a bibliotecária. — Solucionem dois desses enigmas visuais de inspiração matemática antes de qualquer um dos outros times e vocês ganharão a nossa nona medalha, a Rébus!

— Lembrem-se — falou o Sr. Lemoncello —, vocês só precisam de dois para vencer, o que significa que nós precisamos de pelo menos nove enigmas. Acho. Terei que perguntar a Morris, o alce. Ele é bom em matemática. De qualquer forma, aqui está, seu primeiro enigma! Dra. Zinchenko?

Ela leu de uma pilha de cartões de anotação amarelos:

— Digam o nome dessa fortaleza de guerreiros da liberdade intelectual.

O Sr. Lemoncello estalou os dedos e a tela de vídeo completamente inflada exibiu uma equação composta das imagens:

Marjory achou que o jogo era absurdo, mas sua mente começou a trabalhar de qualquer forma. Era como uma equação matemática. BICA mais BLUSA mais OVO mais PIRÂMIDE menos CASA menos LOBO menos ÁS era igual a o quê?

Não. Espere. O quarto símbolo era uma pirâmide especificamente asteca, então "asteca" devia ser a chave. E o lobo estava uivando, então talvez o certo fosse "uivo".

Marjory adicionou e subtraiu as letras o mais rápido que conseguiu. Ela enfileirou todas as letras de uma vez: BICABLUSAOVOASTECA menos CASAUIVOAS.

B̶I̶C̶A̶B̶L̶U̶S̶A̶O̶V̶O̶A̶S̶TECA

Aquilo deixava B, I, B, L, O, T, E, C, A.

Fácil demais.

— Uma biblioteca! — gritou ela, um instante antes de Kyle Keeley gritar a mesma coisa.

— Ouvi a Srta. Muldauer primeiro — falou o Sr. Lemoncello. — É um ponto para o Meio-oeste, o coração da América, terra de todas as decorações do Dia dos Namorados dessa grande nação. Muito bem!

Marjory soltou um riso desdenhoso.

Se conseguisse solucionar mais um enigma, ela ganharia esse jogo e, mais uma vez, estaria empatada no primeiro lugar.

Ela não precisava mais vencer as Olimpíadas da Biblioteca do Sr. Lemoncello para ganhar o dinheiro da bolsa de estudos.

Mas, como já estava no jogo, não se importaria de aniquilar Kyle Keeley.

Kyle estava entrando em pânico.

Se Marjory Muldauer solucionasse o próximo quebra-cabeças "matemático" com desenhos, seu time chegaria a *três* medalhas..

Eles estariam empatados.

De novo.

E, quando eles estivessem empatados, seria muito mais fácil para o time Meio-oeste assumir a liderança. O dia do bolo de Kyle poderia nunca chegar.

— Está na hora de nosso segundo quebra-cabeça visual inspirado pela matemática — anunciou o Sr. Lemoncello. — Esse é a resposta para uma pergunta de conhecimentos gerais. Dra. Zinchenko, você pode fazer o favor?

A Dra. Zinchenko leu uma pergunta de outro cartão amarelo:

— No ano 35 d.C., o imperador romano Calígula tentou banir um livro porque ele expressava ideais gregos de liberdade, dos quais Calígula não gostava, porque Roma estava ocupando a Grécia na época. Quem é o autor e qual é o nome do livro que o imperador romano tentou banir?

Uma nova imagem encheu a tela inflada:

Kyle olhou fixamente para o segundo quebra-cabeça.

Ele precisava decifrá-lo rápido. Ele não podia de forma alguma deixar Marjory Muldauer ganhar essa também.

Banho, mel, roda menos uma letra L e uma banda.

Aquilo tinha que ser BANHOMELRODA menos L e BANDA: HOMERO!

— Acho que sei essa — sussurrou Sierra.

O mundo de Kyle mudou para câmera superlenta. Em sua cabeça, ele ouviu Miguel dizer "Acho que a resposta é *Flubber*". Na última vez que uma competição estava em jogo e Kyle escutou alguém que "achava" que sabia a resposta, ele tinha perdido. Para sua mãe. E era só um jogo de tabuleiro. Isso era muito mais importante.

Kyle ignorou Sierra. Ele fez sua mente disparar o mais rápido que foi capaz. Ele era o "cara dos jogos" do time. Era isso que todo mundo lhe dizia quando ele decidiu abandonar a equipe. Bem, esse quebra-cabeça era um jogo. Era sua tarefa ganhá-lo, não importa a que custo.

A segunda parte era a mais difícil.

A letra O mais uma roda mais uma seta menos um meteoro. Isso dava ORODASETAMEIA menos METEORO. Sobravam as letras DASIA. Agora só faltava organizá-las para fazer sentido.

Sierra tentou chamar a atenção de Kyle novamente:

— Calígula era o imperador Romano em 35 d.C. E o livro que ele baniu foi...

— Espere um pouco — disse Kyle. — Só preciso desembaralhar a última parte.

— Ei, Kyle? — falou Miguel. — A Sierra sabe a resposta.

— Eu também — disse Kyle. Ele se virou para ficar de frente para a Dra. Zinchenko e berrou. — Homero. *Sadia*!

— O quê? — falou Akimi, no momento em que Kyle cuspiu a resposta.

— Sinto muito — respondeu a Dra. Zinchenko —, essa resposta está incorreta.

— Homero. *Odisseia* — falou Marjory de forma muito fria.

— Rá! Está errado! — gritou Kyle. — Ela nem tirou as letras de "meteoro" e usou "roda"!

— Claro que não — respondeu Marjory. — Porque acredito que o último símbolo deveria representar um cometa e o outro, um disco. Mas não precisei das imagens do quebra-cabeça. Eu sabia a resposta porque, diferentemente de algumas pessoas, eu *realmente* li alguns livros de história.

— Era assim que eu sabia também — sussurrou Sierra.

— A resposta da Srta. Muldauer está correta — falou o Sr. Lemoncello. — O time Meio-oeste ganhou duas de duas e, desta forma, também ganharam a medalha Rébus. E, se minha própria matemática mental está correta, o time Meio-oeste agora tem três medalhas, que iguala o número que o time local atualmente tem. São três para cada. Um empate! Uau, matemática não é algo maravilhoso?

— Muito bem, *meu capitão* — disse Akimi, socando o braço de Kyle. — Na próxima vez, tente se lembrar de que você faz parte de um *time*.

Kyle e seus companheiros de time, assim como os outros atletas olímpicos da biblioteca, puderam dormir até mais tarde na manhã seguinte, porque, graças à competição surpresa à beira da piscina, só havia um jogo a ser disputado naquele dia.

É claro que Kyle não queria dormir até mais tarde. Queria voltar à arena o mais rápido possível para retomar a liderança.

Não gostava de ficar empatado com Marjory Muldauer.

Ele não gostava de saber que seu time tinha perdido o desafio relâmpago à beira da piscina porque ele tinha gritado a resposta errada e não tinha deixado Sierra dar a certa.

E também não gostava de estar *tão perto* de perder.

Kyle e Miguel estavam sentados no refeitório da Vila Olímpica, empurrando os marshmallows amarelos que boiavam em suas tigelas de cereal Pedacinhos da Sorte de Lemoncello.

— Sinto muito por ter colocado tudo a perder ontem à noite — disse ele a Miguel.

— Não se desculpe comigo. Diga isso à Sierra.

— Vou falar com ela. Mas agora ainda temos que ganhar *dois* dos últimos três jogos.

— Não necessariamente, cara. Se um dos times sem medalhas ou com apenas uma medalha ganhar de nós, ainda estamos empatados com...

— Miguel? — respondeu Kyle, irritado. — *Precisamos* vencer mais dois jogos.

— Ei. Calma, Kyle.

— Calma? Se perdermos essa coisa, você sabe o que as pessoas vão dizer sobre nós? Que apenas tivemos sorte de principiante. Que Charles Chiltington provavelmente teria vencido o jogo da fuga se o Sr. Lemoncello não o tivesse excluído por causa de uma tecnicalidade.

— Sim. Pode ser que digam isso. Ou pode ser que digam "não dá para vencer todas". Mas o que conta é como você joga o jogo.

— Bem, não estou jogando para perder, Miguel.

— Ei, nem eu. E não estou jogando sozinho.

— Eu sei. E precisamos que você comece a colaborar um pouco.

— O quê?

— Você é o único membro do nosso time que não ganhou nenhuma medalha.

— Caramba, Kyle, obrigado por me lembrar disso.

— Vocês viram Marjory Muldauer? — perguntou Akimi, enquanto ela e Sierra se juntavam aos rapazes à mesa do café da manhã. — Gosto de ficar de olho em nossos adversários o tempo todo.

— E quanto a todos esses outros garotos? — perguntou Sierra, apontando para as mesas lotadas com os maiores bibliófilos do país. — Eles também são nossos adversários.

Akimi ignorou a pergunta com um movimento desdenhoso com o braço.

— Qual é, Sierra? A Pequena Miss Biblioteca de Michigan ganhou cada uma das medalhas do time Meio-oeste para eles. Ela é a nossa única ameaça real. Especialmente se Kyle continuar a ser fominha e errar os chutes.

Kyle suspirou:

— Sinto muito por ter berrado a resposta errada ontem à noite, Sierra.

— Desculpas aceitas — respondeu Sierra. — Na próxima vez, talvez você pudesse, hum, confiar em mim?

Kyle assentiu:

— Com certeza.

Akimi entortou o pescoço e conferiu todas as outras mesas:

— Então, onde está Marjory?

— Ela foi cedo à biblioteca — disse Andrew Peckleman, que empurrava um barril de borracha entre as mesas para coletar o lixo do café da manhã de todos. — Ela queria estudar um pouco, então meu tio a levou até lá de carro.

— O que ela está estudando? — perguntou Kyle.

— Como vencer vocês — resmungou Andrew.

— E como ela vai fazer isso, Andrew? O que ela encontraria para estudar na biblioteca quando nenhum de nós nem sabe qual vai ser o décimo jogo?

— Sei lá. Tenho cara de quem sabe ler mentes?

— Não, Andrew, no momento eu diria que você tem cara de lixeiro.

— Kyle? — falou Sierra, sacudindo a cabeça. — Isso não foi legal.

— Na verdade — disse Akimi —, foi completamente desnecessário.

— Sim — falou Miguel, com os braços cruzados sobre o peito. — O que há de errado com você hoje?

— Sinto muito, Andrew — disse Kyle. — Só estou um pouco estressado.

— Bem, deveria mesmo estar — respondeu Andrew, ajustando seus óculos de lente grossa. — Porque Marjory Muldauer vai acabar com a sua raça, e mal posso esperar para vê-la fazendo isso. Agora, se me dão licença, tenho mais lixo para coletar.

Andrew saiu empurrando seu barril.

Akimi olhou para Kyle com raiva. Sierra mexeu seu cereal com a colher. Miguel sacudiu a cabeça.

— O Andrew é um cara legal, Kyle — disse Miguel, soando desapontado. — Não merecia aquilo.

— Eu sei. Sinto muito. Nós apenas realmente, *realmente* precisamos vencer o jogo de hoje... não importa qual seja.

A biblioteca estava excepcionalmente lotada de espectadores para o quinto dia dos jogos Olímpicos.

Câmeras de televisão estavam por todos os lados.

Alguém deve ter espalhado a notícia de que, a não ser que um dos outros times com medalhas milagrosamente vencesse todas as três últimas competições, o campeonato estava entre dois verdadeiros concorrentes.

— Bem-vindos de volta! — falou o Sr. Lemoncello, dirigindo-se aos competidores e ao público de seu lugar na sacada do segundo andar, onde estava sentado em uma cadeira de diretor com encosto de lona. Ele usava uma boina e uma echarpe como diretores de cinema às vezes usam. Em desenhos animados. — Espero que vocês todos estejam se divertindo.

— Diversão? — gritou a Sra. Chiltington, que tinha voltado, mais uma vez, com seu bando de manifestantes. — Bibliotecas deveriam se importar com livros, Sr. Lemoncello. Não com diversão!

Mesmo de longe, Kyle podia perceber que algum tipo de nuvem escura encobria os olhos de seu herói.

— É bom vê-la novamente também, Arquiduquesa Von Chiltington. E deixe-me esclarecer que concordo com você.

— Rá! Então prove.

— Com prazer. — Ele se virou para os atletas olímpicos da biblioteca reunidos. — Hoje, para o jogo número dez do dodecatlo, faremos um pouco de dramatização. Vocês, os atletas, representarão bibliotecários, e eu representarei o cliente que veio aqui buscando um *livro* muito particular e muito especial.

Ele ofereceu um sorriso cheio de dentes à Sra. Chiltington, então se virou novamente para os jogadores.

— Mas não consigo me lembrar do título, ou do autor, ou se esse *livro*...

Outro sorriso para a Sra. Chiltington, que não estava retribuindo o sorriso.

— ...é de ficção ou não ficção. Sua missão, se vocês toparem aceitá-la, é encontrar essa única agulha em nosso palheiro de cinco milhões de títulos diferentes.

O Sr. Lemoncello arrancou sua boina e enfiou na cabeça um boné dos Ohio State Buckeyes.

— Agora eu farei as vezes do cliente. Antes disso, no entanto, eu gostaria de expressar minha sincera gratidão ao meu brilhante instrutor de atuação, o renomado ator dramático, Sir Donald Thorne, por seu auxílio em me ajudar a moldar minha representação desse papel.

O Sr. Lemoncello limpou a garganta e começou a falar com um sotaque de Ohio neutro e amigável.

— Com licença, Sra. e/ou Sr. Bibliotecária(o), você pode me ajudar a encontrar um livro? Tudo de que me lembro é que ele é um pouco branco e amarronzado na frente. Ele pode ser sobre o oposto da vida selvagem misturado com um romance de James Joyce, mas Joyce não o escreveu, embora eu ache que uma mulher o fez. Também me lembro de algo sobre uma fruta de que ninguém nunca ouviu falar antes do ano de 2014. É deveras espesso. O livro. Não a fruta. Você pode, por favor, encontrá-lo para mim? Imediatamente?

O Sr. Lemoncello arrancou o boné e colocou de volta a boina de diretor.

— O primeiro time a localizar o livro e trazê-lo para mim ganha a décima medalha, a medalha Toca Aqui. Vocês também, obviamente, ganharão a gratidão eterna de seu cliente. Certo, talvez não eterna, mas ele provavelmente dirá "obrigado" quando vocês lhe entregarem o livro. Talvez. Eles fazem isso, às vezes.

Os 32 competidores ficaram parados, congelados, olhando fixamente para o Sr. Lemoncello.

O Sr. Lemoncello não falou mais nada.

— É só isso? — perguntou Stephanie Youngerman, de Boise, Idaho.

— Sim — respondeu a Dra. Zinchenko, apresentando-se na sacada do segundo andar ao lado do Sr. Lemoncello.

Então ela também ficou em silêncio.

— Certo, pessoal — sussurrou Kyle para seus companheiros de equipe. — Vamos começar.

— O que devemos fazer primeiro? — perguntou Sierra.

— Chorar — respondeu Akimi. — Essa é a pista mais deprimente que já ouvi.

— Que nada — falou Miguel. — Tenho algumas ideias.

Kyle e seus companheiros de time seguiram até uma mesa no anel externo para poderem discutir em particular.

Marjory Muldauer levou sua equipe até uma mesa do lado oposto do círculo. Em pouco tempo, todos os times estavam ocupando mesas, ligando os tablets embutidos nos móveis para poderem explorar o catálogo de cartões online da biblioteca.

— Então, que fruta foi descoberta em 2014? — perguntou Akimi, concentrando-se naquela parte da pista. — Pitaia?

— Espere um pouco — falou Miguel. — Você está sendo literal demais.

— Miguel tem razão — disse Kyle. — O Sr. Lemoncello é doido demais para querer dizer exatamente o que ele disse.

— Então o que *estamos* procurando? — perguntou Sierra. — Uma nova maçã? Uma nova banana? Uma nova cranberry?

— Bingo! — falou Miguel. — É isso!

Ele começou a tocar a tela do tablet embutido na mesa. Sierra ficou chocada:

— Sério? O que eu falei?

— "Nova cranberry" — respondeu Akimi. — O que, sinto muito, mas não acho realmente que seja uma resposta do tipo "bingo".

— Porque — falou Miguel, o mais baixo que foi capaz — não precisamos de uma nova cranberry. Precisamos de um tipo diferente de "nova berry", ou "new berry" em inglês.

— Qual? — perguntou Kyle. — Blueberry? Raspberry?

Akimi estalou os dedos:

— Huckleberry! Porque isso aqui é uma biblioteca e *Huckleberry Finn* está aqui.

— Não, pessoal. — Miguel encontrou um cotoco de lápis e uma tira de papel de rascunho. — O vencedor da Medalha Newbery de 2014. *Flora & Ulisses*, de Kate DiCamillo.

Os olhos de Akimi se acenderam:

— Flora, no sentido de "vegetação", é o contrário de "fauna", no sentido de vida selvagem.

— E — complementou Sierra — James Joyce, o grande romancista irlandês, escreveu um livro chamado *Ulisses*.

— E Kate DiCamillo soa como um nome de mulher que não é Joyce — disse Kyle.

— Bingo triplo — falou Miguel, examinando a entrada para o catálogo de cartões do livro. — Droga.

— O quê?

— Todos os exemplares na Sala das Crianças foram emprestados.

— Também colocaram um exemplar nas prateleiras de ficção? — perguntou Sierra.

— Sim! Apenas um. Imagino que para os adultos poderem retirá-lo também. Isso significa que o único exemplar de todo o prédio está bem ali.

Miguel apontou com a cabeça na direção das estantes de livros que envolviam o terço dos fundos da Sala de Leitura da Rotunda e subiam até a base da Cúpula das Maravilhas.

— Precisaremos de uma escaladora — falou Kyle.

— E desse código — Miguel mostrou a seus companheiros de time um pedaço de papel com "F.D545f2013" escrito.

— Digite isso no teclado da escaladora! — disse Akimi a Miguel. — Vá buscar o nosso livro.

— De jeito nenhum — falou Miguel. — Tenho medo de altura. *Você* que vai, Akimi.

— De jeito nenhum. Vá você, Kyle.

Kyle sacudiu a cabeça:

— Vocês tinham razão hoje de manhã. Não quero ser "fominha" de novo.

— Essa bola é toda sua. Vai!

— Corre — falou Sierra. — Acho que alguns dos outros times também já descobriram.

Kyle disparou pelo chão de mármore.

O mesmo fez Stephanie Youngerman, a garota de Boise.

E Elliott Schilpp, o gênio magricela de Maryland que tinha vencido o concurso de comer pizza.

Ah, não, pensou Kyle. *O time Meio-Atlântico já tem uma medalha. Se ganharem esse jogo, podem acabar sendo coroados campeões.*

Kyle correu mais rápido. Felizmente, havia oito escaladoras, uma para cada time, enfileiradas sob as estantes de livros de três andares de altura.

— Apenas uma escaladora por equipe — anunciou a Dra. Zinchenko.

No instante em que ela falou, cada um dos outros times enviou alguém correndo para flutuar ao longo da parede de ficção. Mesmo que não soubessem que livro estavam procurando, eles sabiam que ele não estava em nenhuma das salas decimais Dewey agora que as escaladoras tinham meio que sido declaradas peças do jogo.

Kyle esticou a mão para pegar uma escaladora.

Mas Marjory Muldauer segurou seu guidão primeiro.

— Sinto muito, Keeley. Esse veículo tem dono.

Assim como já tinham donos os próximos três em ambas as direções. Graças a Marjory Muldauer, Kyle teria que correr até o fim da fila.

Ele passou correndo por Stephanie Youngerman, que estava furiosamente digitando o código vencedor no teclado de controle da escaladora.

Elliott Schilpp também estava apertando os botões com força.

Stephanie Youngerman levantou voo primeiro.

Até Kyle chegar à sua escaladora, digitar o código do livro e esperar que as botas de segurança se fechassem em volta de suas canelas, três outras equipes já estavam flutuando parede acima: Montanha, Meio-Atlântico e, obviamente, Marjory Muldauer para o Meio-oeste.

A plataforma de Kyle finalmente se ergueu do solo e partiu em uma tangente diagonal na direção do vencedor da Medalha Newbery de 2014 — e muito possivelmente uma colisão no ar com os três outros competidores, que estavam mirando o mesmo alvo.

À sua esquerda, Kyle ouviu teclas estalando.

Marjory Muldauer estava digitando um código diferente em seu teclado.

Sua escaladora engasgou até parar, então disparou de lado em um ângulo de 45 graus. Kyle permanecia em sua trajetória direta para *Flora & Ulisses*, mas, segundos depois, os sensores de colisão infravermelhos de sua escaladora detectaram a aproximação da plataforma de Marjory.

— Ceda a vez — arrulhou uma voz computadorizada vinda da caixa de som minúscula no painel de controle de Kyle.

Marjory apertou seu botão vermelho de **parada de emergência**.

Sua escaladora congelou, exatamente onde ela bloquearia a ascensão de Kyle.

— Ceda a vez.

As funções de segurança de sua escaladora o tinham deixado em modo de espera.

Marjory fingia estar estudando os livros à sua frente.

— Não é aí que está o livro que estamos procurando e você sabe disso! — gritou Kyle para ela.

Marjory não disse uma palavra. Na verdade, parecia um pouco enjoada por causa do voo.

Kyle girou seu corpo para poder ver além da escaladora parada de Marjory e observar os segundos finais da corrida até F.D545f2013.

A escaladora de Stephanie Youngerman parou com um guincho e ela esticou o braço para pegar o livro.

Então ela começou a deslizar livros pela prateleira. Ela os empurrava para o lado e olhava atrás deles.

— Estou aqui! — gritou ela. — Mas o livro não está.

A multidão de espectadores arfou.

O Sr. Lemoncello surpreendeu todos os flutuadores ao abrir uma porta do tamanho de uma janela posicionada nas prateleiras de livros. Ele colocou a cabeça para fora a cerca de um metro de onde *Flora & Ulisses* deveria estar guardado:

— O que você disse?

— *Flora & Ulisses* — falou Stephanie Youngerman. — O vencedor da Newbery de 2014. Ele não está aqui. Os outros livros de Kate DiCamillo estão. *Winn-Dixie, meu melhor amigo. A história de Despereaux*. Mas há um espaço vazio onde *Flora & Ulisses* deveria estar.

— Mas isso é impossível — disse o Sr. Lemoncello. — Dra. Zinchenko? Não temos duas dúzias de exemplares daquele livro?

— Três, senhor — respondeu a Dra. Zinchenko, depois de abrir outra janela na estante de livros. — Todos foram retirados. Esse era o nosso último exemplar.

— Isso é um absurdo! — declarou a Sra. Chiltington, caminhando até a frente da área dos espectadores no primeiro andar.

Seu filho, Charles, e um grupo de senhoras bem vestidas e um cavalheiro com uma gravata borboleta abriram caminho até a frente com ela.

— Livros desaparecidos? Videogames bobos de dinossauro? Dinheiro desperdiçado com estátuas falantes e hologramas e painéis secretos em estantes de livros que poderia ser gasto de forma mais sábia em mais exemplares de livros infantis populares?

A Sra. Chiltington apoiou as mãos na cintura e olhou feio para o Sr. Lemoncello.

— Essa biblioteca é uma desgraça, senhor. Uma absoluta desgraça!

— Talvez você tenha razão, Condessa Chiltington — disse o Sr. Lemoncello, parecendo extremamente triste, algo que Kyle nunca tinha visto acontecer antes. — Uma biblioteca sem livros? Isso é, realmente, uma desgraça. Uma absoluta desgraça.

Kyle observou enquanto o Sr. Lemoncello oferecia a medalha Toca Aqui ao time Montanha.

Mas sua mente foi levada de volta até a corrida de escaladora.

Marjory Muldauer o tinha bloqueado de propósito. Ela nem tentou ir atrás do livro.

Por que ela faria isso?, ele se perguntou. *Por que desejaria que o time Montanha vencesse essa rodada?*

— Hip, hip, hurra — falou o Sr. Lemoncello, enquanto desanimadamente apertava a mão da vencedora. — Você ganhou a décima medalha. Oba, uhu e várias outras exclamações de júbilo. Você foi a primeira a alcançar o espaço vazio em que o livro vencedor deveria estar, o que me faz querer cantar *"Urso pardo, urso pardo, o que você vê? Um buraco vazio que um livro deveria ter"*.

O Sr. Lemoncello se virou para encarar a multidão:

— Obrigado, atletas olímpicos da biblioteca e amantes da biblioteca, por se juntarem a nós hoje. Voltem amanhã para os dois últimos jogos da primeira Olimpíada da Biblioteca. Agora vão embora. Todos vocês! Sumam!

A multidão se calou, chocada.

A equipe da sala de controle rapidamente soltou canções de musicais em todos os alto-falantes debaixo da cúpula para cobrir o silêncio constrangedor. As dez estátuas holográficas que rodeavam a rotunda se transformaram nos Cantores da Família Von Trapp e no Tio Max de *A noviça rebelde*. Eles acenavam alegremente e cantavam *"So long, farewell, auf Wiedersehen, goodbye!"*.

— Isso conclui a competição de hoje — disse a voz reconfortante de mulher no teto. — O placar, depois de dez dos doze jogos do dodecatlo da primeira Olimpíada da Biblioteca: times Pacífico, Nordeste, Meio-Atlântico e Montanha... uma medalha. O time Meio-oeste e os Heróis Locais... três medalhas.

— Então — falou John Sazaklis, o âncora da cobertura ao vivo dos jogos para a Book Network —, parece que temos uma batalha dos ratos de biblioteca entre os dois melhores times. Eles estão empatados, três a três. E restam apenas dois jogos.

— É isso mesmo — disse sua companheira de transmissão, a renomada bibliotecária Helen Burnham. — É claro que um dos quatro times com uma única medalha poderia nos surpreender e ganhar as duas últimas competições. Ainda é possível que isso acabe em um empate entre três equipes.

— Emocionante.

— Pode apostar, John. Há apenas uma coisa que sabemos com certeza. O sul não se erguerá novamente. Os times Sudeste e Sudoeste permanecem sem medalhas nesses jogos. Infelizmente aqueles jovens não têm mais chance de serem declarados os campeões da biblioteca do Sr. Lemoncello.

— Que pena. Realmente gosto dos chapéus de vaqueiro e dos macacões da NASCAR.

Cerca de meia hora depois, a biblioteca estava vazia a não ser pelo Time Kyle, o Sr. Lemoncello, a Dra. Zinchenko e os engenheiros trancados atrás da porta vermelha na sala de controle da biblioteca.

Kyle e seus amigos queriam apoiar o Sr. Lemoncello no que parecia ser seu momento de desespero.

— Tenho certeza de que qualquer um que tenha retirado *Flora & Ulisses* está adorando o livro — disse Sierra Russell. — Eu sei que eu adorei.

— Obrigado, Sierra — falou o Sr. Lemoncello, que estava desobedecendo as regras de sua própria biblioteca, devorando dois litros de sorvete direto de seu pote enquanto estava jogado em uma das confortáveis cadeiras de leitura junto à base da parede de ficção.

Ele usava um babador para impedir que o sorvete pingasse em suas roupas.

— Você só deveria comer no Café Cantinho Literário, senhor — disse Miguel.

O Sr. Lemoncello ignorou o garoto e enfiou na boca outra colherada de sorvete de bolo de aniversário.

Enquanto isso, a Dra. Zinchenko tinha requisitado uma escaladora e tinha subido até o local onde o livro desaparecido deveria estar guardado.

— O livro estava aqui na semana passada — falou a Dra. Zinchenko, examinando o espaço vazio entre os títulos de Kate DiCamillo. — Sei que estava. Eu me assegurei disso, logo antes de fecharmos a biblioteca para o público. Desde então, as únicas pessoas com permissão para chegar perto dos livros foram nossos 32 jovens atletas olímpicos...

— Fascinante — disse o Sr. Lemoncello, não parecendo nem um pouco fascinado.

Ele enfiou mais sorvete decorado com confete em sua boca.

A Dra. Zinchenko começou sua descida lenta:

— Preciso falar com a segurança sobre isso.

— Não se preocupe, Dra. Zinchenko — falou o Sr. Lemoncello. — Isso é uma biblioteca. Livros entram, mas não saem. Não, espere. Isso é uma armadilha para baratas. Eu me esqueci de como as coisas funcionam numa biblioteca. Talvez a Sra. Chiltington tenha razão. Talvez devêssemos encontrar alguns adultos mais maduros para administrar esse local. Nós realmente tínhamos três dúzias de cópias daquele mesmo título e agora elas estão todas desaparecidas?

— Sim, senhor.

O Sr. Lemoncello soltou um suspiro pesado.

— Isso é horrível — guinchou a bibliotecária holográfica, a Sra. Gause, enquanto ela mais uma vez bruxuleava para ganhar uma vida frágil atrás do balcão de circulação.

— Isso foi o que aconteceu na última vez. Primeiro, livros começaram a desaparecer. Livros de história. Um título em particular. Todas as dez cópias. Ninguém se importou. Toda a cidade virou as costas para essa biblioteca. Pessoas muito importantes convenceram o prefeito a cortar os nossos recursos. Não demorou muito para você não conseguir ao menos encontrar um marcador de livros ou um pote vazio de cola. Então *BOOM!* Chegaram as escavadeiras e a bola de demolição! Adeus, biblioteca; olá, estacionamento. Ah, o horror. O horror.

— Obrigado, Sra. Gause — falou o Sr. Lemoncello, empanturrando-se com o sorvete ainda mais rápido. — Bom ter notícias suas mais uma vez. Sala de controle?

O Sr. Lemoncello moveu o pulso.

O holograma desapareceu.

Kyle se aproximou de seu herói.

— O senhor precisa de algo, Sr. Lemoncello? Qualquer coisa mesmo.

O Sr. Lemoncello tirou os olhos de seu pote de sorvete. O brilho tinha desaparecido de seus olhos negros como carvão.

— Apenas o que venho procurando durante todo esse tempo, Kyle. Meus verdadeiros campeões.

— Não se preocupe, senhor. Não o decepcionaremos. Nós venceremos as duas últimas medalhas. Eu prometo.

O Sr. Lemoncello olhou para Kyle, sacudiu a cabeça e suspirou novamente.

38

A viagem dos Heróis Locais no livromóvel da Vila Olímpica até a Biblioteca Lemoncello na manhã seguinte estava tão melancólica quanto o tempo do lado de fora.

Kyle e seus companheiros de equipe olhavam pelas janelas cobertas de chuva e observavam a passagem das ruas familiares.

— Quão estranho será — falou Akimi — se, na próxima vez que viermos até o centro da cidade para ir à biblioteca, nós não formos mais famosos? E se formos apenas um bando de perdedores?

— Obrigado por esse pensamento inspirador, Akimi — disse Miguel. — Você realmente deveria pensar em seguir uma carreira como palestrante motivacional.

— E se algo ainda pior acontecer? — falou Sierra. — E se todas aquelas coisas que a Sra. Gause mencionou acontecerem novamente? E se o Sr. Lemoncello decidir fechar biblioteca?

— Por que ele faria isso? — perguntou Kyle.

— Porque ele está cansado de pessoas retirarem livros e não os devolverem. Ele parecia triste ontem.

— Ei — falou Miguel. — Ele é trilhardário. Ele sempre pode comprar mais livros.

— Pessoal? — disse Kyle. — A Dra. Zinchenko disse que o livro *Flora & Ulisses* estava em seu lugar na prateleira de ficção há uma semana. E ninguém tinha autorização para retirar livros desde então a não ser...

— Os 32 atletas olímpicos da biblioteca! — falou Akimi, completando a frase de Kyle, da forma que amigos às vezes fazem.

— Sim! — disse Miguel. — Isso significa que alguém em algum dos outros times tirou o livro da biblioteca. Um dos jovens que o Sr. Lemoncello gastou tanto tempo e energia procurando.

— Não é de se espantar que ele estivesse tão aborrecido por causa de um único livro desaparecido — falou Sierra.

— Sim — disse Kyle. — Um de seus nerds de biblioteca especialmente selecionados roubou aquele livro. — Ele se virou para Miguel. — Sem ofensa.

— Relaxa.

Quando o time reunido subiu os degraus de mármore escorregadios que levavam até o saguão da biblioteca, eles viram Charles Chiltington, sua mãe, um monte de senhoras com jeito conservador e aquele sujeito com a gravata-borboleta. Dessa vez, eles estavam cercando a fonte do Sr. Lemoncello, que não estava jorrando água como deveria.

Cada membro da equipe da Sra. Chiltington carregava um cartaz de protesto com uma palavra. Juntos, eles formavam a frase "ENTÃO ESSA É A BIBLIOTECA? FORMA DE MANTER UMA". O homem da gravata-borboleta, que estava segurando a placa da "BIBLIOTECA?", estava posicionado no lugar errado.

Kyle e seus companheiros de equipe permaneceram na entrada em arco tempo suficiente para ouvir o que a Sra. Chiltington e Charles estavam dizendo ao repórter da Book Network que os entrevistava.

— Se essa biblioteca quiser ser uma instituição verdadeiramente pública — falou a mãe de Charles —, então precisa de supervisão pública. Ela deveria ser governada por um conselho de administração, não por uma banda de um homem só.

— Especialmente — disse Charles — quando o líder tresloucado da banda é um charlatão insincero e mendaz.

— Está sugerindo que o Sr. Lemoncello é um mentiroso e uma fraude? — perguntou o repórter.

— Céus, não — respondeu Charles. — Não seja estapafúrdio.

— Mas é isso o que aquelas palavras que você falou significam.

— Charles está apenas aborrecido — disse a Sra. Chiltington, passando um braço protetor em volta de seu filho. — É por isso que estamos aqui hoje. Nossos filhos merecem uma biblioteca de verdade, não um parque de diversões num lugar fechado. O Sr. Lemoncello está expondo suas mentes impressionáveis a coisas como uma versão telecheiro de um livro chamado *Valter, o cachorrinho pum* ao qual crianças e seus narizes impressionáveis simplesmente não deveriam ser expostos.

Então ela sorriu e piscou. Repetidamente.

Kyle e seus companheiros de equipe sacudiram as cabeças e entraram na Sala de Leitura da Rotunda.

— Ei, Kyle!

Era seu irmão, Mike.

— Não nos decepcione!

E seu outro irmão, Curtis.

— Vença, cara, vença! — gritou Mike, agitando o braço. — Uhu! O-H, I-O! O-H, I-O!

Eles estavam com a mãe e o pai de Kyle na multidão que tinha esgotado as entradas e se juntava atrás das cordas de veludo para os dois últimos eventos do dodecatlo. E também estavam lá as famílias dos outros integrantes. E seus amigos. Parecia que toda a cidade de Alexandriaville tinha comparecido para o grande final.

— Que pressão, que nada — disse Akimi.

— Ei — falou Miguel, apontando para a Cúpula das Maravilhas. — Vejam só. Aposto que fizeram aquilo para animar o Sr. Lemoncello.

— Eu estava esperando que tivesse balões — disse Kyle, enquanto admirava o teto.

— Está lindo — falou Sierra.

Parecia que a Dra. Zinchenko tinha instruído seus artistas de vídeo a fazer uma simulação de uma Festa de Balões para o dia final das Olimpíadas da Biblioteca. A Cúpula das Maravilhas fora magicamente transformada em um céu azul brilhante repleto de balões de ar quente com cores fortes. A repetição do vídeo fazia a Sala de Leitura da Rotunda se parecer com uma gôndola balançando delicadamente debaixo de um dirigível multicolorido flutuando em uma brisa quente.

Era incrível.

— Desliguem! O! Vídeo! — decretou uma voz que vinha da sacada do terceiro andar.

Kyle olhou para o alto. O Sr. Lemoncello estava parado junto à balaustrada. Ele estava vestido com um terno preto, uma camisa preta e uma gravata preta. Parecia estar a caminho de um funeral.

A Cúpula das Maravilhas ficou escura. Ela era apenas um teto branco curvo.

— Eu vinha esperando tanto por esse dia. — O Sr. Lemoncello suspirou em seu poleiro elevado. — Hoje é o dia em que achei que finalmente descobriria os meus verdadeiros campeões.

Ele olhou para baixo, na direção dos 32 atletas olímpicos da biblioteca.

Kyle achou que sabia por que seu herói parecia tão triste. Um, ou talvez mais, dos 32 jovens aos quais o Sr. Lemoncello tinha confiado todas as maravilhas da sua biblioteca o havia traído. Alguém levara um livro que não deveria nem ter sido tocado.

— Mas, em vez de estar entorpecido — continuou o Sr. Lemoncello —, eu me sinto como se essa fosse uma longa jornada. Dra. Zinchenko? Você faria o favor de conduzir o jogo onze? Minha tocha olímpica interna está se apagando e precisa desesperadamente de novas pilhas. Portanto, ficarei na minha suíte particular trabalhando nas pistas para o jogo doze, a última e mais importante competição da Olimpíada da Biblioteca Lemoncello.

O Sr. Lemoncello acenou fragilmente e desapareceu dentro de sua suíte particular no terceiro andar.

A Dra. Zinchenko, também vestida de preto — um vestido de couro curto e brilhante —, entrou na Sala de Leitura da Rotunda. Até mesmo seus óculos tinham a armação preta no lugar da habitual vermelha.

— Por favor, os seguintes times devem escolher um representante para o décimo primeiro jogo de nosso dodecatlo: Meio-oeste, Nordeste, Meio-Atlântico, time Montanha, time Pacífico e o time local de Alexandriaville, Ohio.

Marjory Muldauer ergueu seu braço no ar.

— Sim, Srta. Muldauer?

— Sobre o que será esse jogo? Beber milkshakes enquanto boiamos livros numa banheira de água quente?

— Não, Srta. Muldauer, apesar de seu sarcasmo ser devidamente notado. O jogo onze celebrará sua liberdade para se expressar com desprezo irritante assim como a liberdade de todos os outros para ler. O primeiro jogo de hoje será sobre livros *banidos*.

Sierra se virou para seus companheiros de time:

— Quem deveria jogar por nós?

— Ou você ou Miguel — respondeu Kyle.

— Com certeza — concordou Akimi.

— Eu voto por Sierra — disse Miguel. — Você leu mais livros do que nós três juntos.

— Vocês têm certeza? Eu não me saí tão bem naquele jogo da Batalha dos Livros.

— E eu fui mal demais no fiasco do quebra-cabeça à beira da piscina — disse Kyle. — Lembra?

Sierra sorriu:

— Pode ser que eu nunca me esqueça.

— Sim. Nem eu. Qual é? Você vai mandar muito bem. Não sei nada sobre livros bandidos.

— Livros *banidos* — corrigiu Sierra.

— Viu? Já está se saindo melhor do que eu.

— Times? — falou a Dra. Zinchenko. — Por favor, enviem o jogador escolhido até o círculo de mesas mais perto da minha.

Sierra olhou para seus companheiros de equipe uma última vez. Estavam todos sorrindo e acenando com a cabeça. Ela começou a caminhar para o anel interno de mesas de leitura.

— Vai, Sierra!

Esse era seu pai. Torcendo por ela.

— Boa sorte, querida!

Sua mãe também.

Cada um dos seis times restantes tinha sua própria mesa. Sierra se sentou à dela. Marjory Muldauer estava sentada à sua direita. Elliott Shilpp, o garoto legal de Maryland que realmente gostava de pizza, estava à sua esquerda.

Cada mesa tinha um computador embutido com tela sensível ao toque.

— Essa competição incluirá um fator imediato de eliminação — anunciou a Dra. Zinchenko, sentada em seu banco giratório atrás do balcão central do bibliotecário. — Se responderem a uma questão de forma incorreta, vocês serão convidados a abandonar sua mesa. Em silêncio. Como aqueles de vocês competindo pelos times Nordeste, Meio-Atlântico, Montanha e Pacífico indubitavelmente se recordam, seus times têm apenas uma medalha cada. Se vocês forem eliminados desse jogo, será matematicamente impossível que seus times avancem para vencer o dodecatlo. Portanto, se perderem, seus times também perdem a chance de serem coroados campeões.

Os quatro jogadores assentiram. Eles todos compreendiam as apostas altas desse décimo primeiro jogo.

— No entanto — falou a Dra. Zinchenko —, se ganharem esse jogo, assim como o próximo, teremos um empate triplo no primeiro lugar e entraremos numa situação de prorrogação com morte súbita. Esse décimo terceiro jogo, se necessário, acontecerá amanhã.

— Não se preocupem — zombou Marjory. — Não haverá jogo nenhum amanhã.

— Vamos começar — disse a Dra. Zinchenko, ignorando completamente Marjory Muldauer. — Vou ler uma pergunta de múltipla escolha. Usem a tela sensível ao toque dos computadores em suas mesas de leitura para selecionar suas respostas.

Sierra respirou fundo.

— Pergunta número um: em 1985, *Uma luz no sótão*, de Shel Silverstein, foi banido de uma escola no Wisconsin porque:

a) o sótão era bagunçado e perigoso.
b) as crianças no livro eram sujas e nunca penteavam o cabelo.
c) o livro encorajava as crianças a quebrarem pratos para nunca terem que secá-los.
d) o livro usava linguagem imprópria.

"Por favor, deem suas respostas agora."

Sierra tinha lido sobre esse incidente de banimento de livro. Apertou "C". Sua tela de computador piscou em verde. Ela estava correta.

Os times Nordeste e Montanha, no entanto, escolheram a resposta errada. As telas em seus computadores ganharam um tom vermelho vivo.

— Obrigada por jogarem — falou a Dra. Zinchenko. — Façam o favor de se juntar novamente aos seus companheiros de time. E obrigada por participarem da primeira Olimpíada da Biblioteca de todos os tempos. Vocês e seus companheiros de time receberão presentes de despedida encantadores.

— Upa-lê-lê — disse Marjory. — Próxima pergunta, por favor.

— Claro. Questão número dois: Por que o livro *O Lorax*, do Dr. Seuss, foi banido?

a) Não existe uma criatura como o Lorax.
b) Os desenhos eram muito assustadores para os jovens leitores.
c) As rimas e os nomes bobos eram muito esquisitos.
d) Ele ofendia os trabalhadores da silvicultura.

"Escolham suas respostas agora. Vocês têm trinta segundos."

Sierra não tinha certeza quanto a essa pergunta. As três primeiras respostas poderiam ser razões para banir *qualquer* livro do Dr. Seuss. Mas *O Lorax* era sobre árvores de trúfulas e salvar o meio ambiente. Trabalhadores da silvicultura poderiam não gostar disso.

Ela decidiu pela letra "D".

Sua tela brilhou em verde.

Assim como a de Marjory Muldauer.

O time Pacífico respondeu de forma incorreta.

— Sinto muito — disse Sierra a Pranav Pillai, enquanto ele se afastava da mesa dele.

— Obrigado. Boa sorte!

— Restam três jogadores — falou a Dra. Zinchenko. — Aqui está a terceira questão: por que Junie B. Jones, uma série de livros infantis de Barbara Park, foi banida das bibliotecas? Foi porque:

a) Junie B. Jones é uma pirralha tagarela?
b) os personagens usam palavras como "estúpido" e "burro"?
c) a autora toma liberdades com a ortografia tradicional?
d) a personagem principal faz escolhas ruins?
e) todas as respostas acima?

Como Sierra tinha adorado os livros de Junie B. quando era mais jovem, sabia que a resposta correta era "e) todas as respostas acima".

Marjory Muldauer também sabia.

Elliott Schilpp, no entanto, não. Sua tela vermelha significava que o time Meio-Atlântico estava fora da competição.

Aquilo também significava que toda a Olimpíada da Biblioteca se resumia a Heróis Locais contra o Meio-oeste.

Sierra Russell contra Marjory Muldauer.

— E então sobraram duas! — gritou o Sr. Lemoncello de sua sacada no terceiro andar. — Essa final é emocionante demais para perder!

— Está se sentindo melhor, senhor? — perguntou a Dra. Zinchenko.

— Bastante! — Ele olhou para baixo na direção de Sierra e Marjory. — Eu as estava observando na TV! Não há nada como um par de jovens mentes brilhantes soltas numa biblioteca para me animar! Além do mais, decidi contratar o detetive Sammy Keyes, que encontrou o ladrão do hotel, para me ajudar a encontrar o menino ou a menina que roubava livros.

Ele desceu agilmente as escadas em espiral.

Kyle ouviu um som engraçado de *arroto-guincho-arroto* e sorriu. O Sr. Lemoncello ainda estava vestido todo de preto, mas tinha colocado seus sapatos de banana.

Enquanto seguia girando e descendo os dois lances de degraus em forma de saca-rolha, seus sapatos estavam buzinando uma canção: "The Wheels on the Bus Go Round and Round."

Bom, pensou Kyle. Seu herói estava de volta!

O Sr. Lemoncello disparou até o centro da Sala de Leitura da Rotunda, deu um salto e completou um mortal por cima da mesa do bibliotecário. Quando pousou do outro lado, seus sapatos de banana soltaram um *PPPFFFFFIIP* gasoso.

A plateia riu, aplaudiu e vibrou.

Bem, todo mundo menos a Sra. Chiltington e seus amigos. Kyle podia ver que eles sacudiam suas cabeças de maneira revoltada.

— Eu assumo daqui, Dra. Zinchenko! — falou o Sr. Lemoncello.

— Muito bem, senhor.

Ela entregou a ele sua pilha de cartões de perguntas.

— Olá, Sierra.

— Olá, senhor.

— Marjory.

Ela sacudiu os dedos para ele como se estivesse entediada.

— Muito bem, belém, bem-bem — disse o Sr. Lemoncello. — Vocês duas parecem solitárias. Companheiros de time? Aproximem-se.

Kyle, Akimi e Miguel cruzaram em disparada o corredor entre as mesas para se juntarem a Sierra.

— Estou bem — falou Marjory, interrompendo seus companheiros de equipe. — Não preciso de ajuda.

— Muito bem — disse o Sr. Lemoncello. — Deixe-me recapitular.

Ele colocou a mão debaixo da mesa do bibliotecário e tirou uma touca de natação roxa de pétalas de flor, que prendeu bem firme sobre seus cabelos brancos encaracolados.

— Seus dois times estão empatados no momento, com três medalhas cada. Temos dois jogos sobrando: esse e o que vem depois desse, que seria o próximo. Isso é extremamente empolgante, não concordam?

— Sim, senhor — responderam Kyle e seus companheiros de equipe.

Marjory Muldauer encolheu os ombros:

— Podemos seguir para a próxima pergunta?

— Continuando — falou o Sr. Lemoncello. — Essa próxima pergunta não é... repito, *não é*... uma múltipla escolha. Vocês devem digitar a resposta usando o teclado no tablet embutido em sua mesa. Ainda estamos na categoria de livros banidos, só que dessa vez eles são mais do que banidos, porque esses pobres livros foram queimados. Aqui está a pergunta: em que data o padre dominicano Savonarola coletou e queimou publicamente milhares de livros obscenos em Florença, na Itália?

Kyle olhou para Sierra.

Ela acenou com a cabeça.

— Vá com tudo — disse Kyle.

Sierra digitou sua resposta: TERÇA-FEIRA GORDA, 1497.

Kyle podia ouvir os efeitos sonoros de *clique e claque* que acompanhavam Marjory enquanto ela também escrevia sua resposta.

— Essa é a sua resposta final, Sierra? — perguntou o Sr. Lemoncello.

— Sim, senhor.

— Srta. Muldauer?

— Bem, dã... Eu digitei, não digitei?

— Na verdade, você digitou. Dra. Zinchenko?

— A resposta que estávamos procurando é Terça-feira Gorda, 1497.

— U-hu! — gritou Kyle.

— Essa é a resposta que Sierra Russell me ofereceu — disse o Sr. Lemoncello, checando a tela de seu próprio computador. — Srta. Muldauer, receio que a sua resposta esteja incorreta.

— Não, ela não está.

— Sinto muito, Srta. Muldauer — falou a Dra. Zinchenko. — Você não digitou "Terça-feira Gorda, 1497".

— Eu sei. Porque essa resposta não é suficientemente específica.

— Como é que é? — perguntou o Sr. Lemoncello, tirando sua touca de banho. — Meus ouvidos estavam cobertos por pétalas de flores emborrachadas. Você está dizendo que a minha bibliotecária chefe, a Dra. Yanina Zinchenko, identificou incorretamente a resposta como "Terça-feira Gorda, 1497"?

— É uma resposta decente — disse Marjory. — Se você for preguiçoso. Minha resposta, no entanto, é mais correta. 7 de fevereiro de 1497. Sim, também foi a Terça-feira Gorda, agora conhecida popularmente como o Carnaval, mas sua pergunta pedia especificamente por uma *data*, não um dia.

Toda a multidão prendeu a respiração.

Kyle podia sentir seu coração acelerando no peito.

Será que a resposta de Sierra era tecnicamente incorreta?

Se era, será que isso significava que seu time tinha perdido outra medalha?

— Esse é um enigma bem misterioso, perplexável e curioso — falou o Sr. Lemoncello. — Felizmente, estamos numa biblioteca, onde bibliotecários podem não saber tudo, mas certamente sabem como encontrar tudo. Dra. Zinchenko?

— Vou subir até a sala do triplo zero, localizar o volume de enciclopédia adequado e checar "Savonarola".

— Arrá. Posso sugerir que você comece com o volume que cobre a letra S?

— Esse era o meu plano, senhor.

— Excelente planejamento pré-pesquisa, Dra. Zinchenko. Esperaremos prendendo a respiração, então faça o favor de se apressar antes que as coisas fiquem perigosas aqui embaixo.

Com os saltos estalando no chão de mármore, a Dra. Zinchenko seguiu até a escada em espiral mais próxima, então subiu os degraus até o segundo andar.

O Sr. Lemoncello se virou para a câmera de televisão mais próxima:

— Não vão embora. Estaremos de volta num instante com a resposta correta para a nossa última pergunta logo depois dessas palavras dos nossos patrocinadores.

— Isso é uma TV pública — sussurrou o operador de câmera. — Não temos comerciais.

— Ah. Vocês não podem fazer uma campanha de doações ou algo assim? Ou eu devo simplesmente fazer caretas engraçadas?

— Caretas engraçadas são uma boa ideia, senhor.

Enquanto o Sr. Lemoncello fazia caretas para a câmera, Miguel se virou para os seus companheiros de equipe:

— A Dra. Z subiu para a seção de zero-três-zeros. Essa é a classificação decimal Dewey para enciclopédias e livros de fatos.

— Na verdade — falou Marjory, se inclinando para trás de forma presunçosa —, ela vai procurar em zero-três--*dois*, enciclopédias em inglês americano. Vocês precisam começar a ser mais específicos; senão...

De repente um berro foi ouvido vindo do segundo andar.

A Dra. Zinchenko correu até a balaustrada da sacada:

— Elas desapareceram!

— O quê? — gritou o Sr. Lemoncello.

— Todas as enciclopédias da letra S, senhor. Elas sumiram. Cada uma delas!

— O quê? Como isso é possível?

— Não sei, senhor. Nunca emprestamos enciclopédias. Alguém as deve ter roubado!

Kyle ficou um pouco aliviado.

Se as enciclopédias de que a Dra. Zinchenko precisava estavam desaparecidas, talvez eles simplesmente seguissem para a próxima pergunta. E ele esperava que fosse mais uma para a qual Sierra soubesse a resposta.

— Acho que precisamos seguir para o próximo cartão de pergunta — disse Kyle ao Sr. Lemoncello.

— Não tão rápido, Keeley — respondeu Marjory. — Como o Sr. Lemoncello foi extremamente fofo ao nos dar smartphones quando participamos do jogo da Batalha dos Livros, usei o meu para pesquisar "Fogueira das Vaidades, 1497" no Google, porque era assim que os italianos costumavam chamar a queima de objetos que eles consideravam imorais. Se vocês me permitem citar: "A fogueira mais infame foi realizada no dia *7 de fevereiro de 1497*, quando o padre dominicano Savonarola coletou e publicamente queimou milhares de objetos como arte e livros em Florença, na Itália, no dia do festival do Carnaval." O artigo não menciona a Terça-feira Gorda. No entanto, ele confirma que a minha resposta, 7 de fevereiro de 1497, está correta.

Empoleirado em um banco atrás da mesa do bibliotecário, o Sr. Lemoncello parecia completamente embasbacado.

Miguel apontou para Marjory:

— Você usou o seu telefone para encontrar a resposta. Você trapaceou.

— Não, não usei. Apenas o usei para *confirmar* a minha resposta.

— Sinto muito, senhor — disse a Dra. Zinchenko, ainda se apoiando na balaustrada da sacada do segundo andar.

— Eu também — falou o Sr. Lemoncello, com os ombros murchando. — Eu também.

— Você deveria sentir muito mais do que isso! — gritou a Sra. Chiltington da galeria. — Você deveria estar envergonhado, Sr. Lemoncello. Não é assim que se administra uma biblioteca! Livros infantis *e* enciclopédias desaparecidos?

— Isso é ultrajante — berrou Charles.

— O povo de Alexandriaville merece algo melhor! — complementou sua mãe.

— Isso também é hediondo! — falou Charles. — E atroz.

O Sr. Lemoncello ergueu uma medalha verde brilhante:

— Acho que eu poderia cortar essa coisa em dois pedaços e oferecer metade a cada uma de vocês. Mas eu precisaria de um raio laser ou de uma serra...

— Por que você daria alguma coisa a Sierra? — perguntou Marjory. — Você pediu uma data; eu lhe dei uma data. Ela não lhe ofereceu nada a não ser o nome de um feriado.

— E um ano — disse Akimi. — Sierra também acertou o ano.

Marjory bufou:

— É uma pena que ela não tenha sido capaz de descobrir o mês a o dia, como eu consegui. Assim, ela teria realmente encontrado uma *data*!

— Acho que você está correta, Srta. Muldauer — falou o Sr. Lemoncello. — Que soem as trombetas; o time Meio-oeste ganhou outra medalha.

— Isso não é justo! — resmungou Miguel.

— Ainda tem o décimo segundo jogo — disse Kyle. — Se vencermos, estaremos empatados novamente.

— E podemos fazer aquela coisa de prorrogação com morte súbita — falou Akimi.

— Srta. Muldauer? — disse o Sr. Lemoncello. — Por favor, aproxime-se e receba o seu prêmio.

Marjory caminhou toda empertigada até o centro da sala.

— Por responder nossas mais importantes perguntas de forma mais correta, é minha a honra de lhe conceder a mais importante de todas as medalhas muito importantes que concedemos até agora: a Yertle, a Tartaruga.

— Hein? — falou Marjory. — Por que você daria à medalha um nome idiota como esse?

— Porque, Srta. Muldauer, esse livro do Dr. Seuss foi considerado extremamente controverso quando foi publicado pela primeira vez, em 1958, por incluir a palavra "arroto". — O Sr. Lemoncello arrotou. — Sinto muito. Bebi muito Limorango Borbulhante enquanto estava recarregando minhas baterias. O livro também foi banido por suas mensagens políticas.

— Tanto faz — disse Marjory.

Ela tirou a medalha da mão do Sr. Lemoncello, deu meia-volta e balançou seu novo prêmio diante do Time Kyle.

Kyle tentou ignorá-la.

— Qual é o próximo jogo? — perguntou ele ao Sr. Lemoncello.

Bem naquele momento, uma voz soou atrás de Kyle.

— Abram caminho, por favor. Passando.

Era Clarence, o segurança, abrindo passagem pela multidão de espectadores.

— Sr. Lemoncello? — falou ele, mostrando uma pilha de papel. — O senhor precisa ver isso.

— O que é isso?

— Uma lista de todos os títulos que no momento estão desaparecidos das prateleiras da biblioteca. A Dra. Zinchenko nos pediu para organizar uma lista depois que aquele último livro *Flora & Ulisses* desapareceu da parede de ficção.

— Essa parece uma pilha de papel extremamente espessa, Clarence.

— Sim, senhor. Dez páginas.

— Alguma enciclopédia em sua lista?

— Todos os volumes com a letra "S" no prédio. Além dos volumes com a letra "E".

O Sr. Lemoncello sacudiu a cabeça e caiu em seu assento.

— Chega. Não aguento mais. Não posso mais lutar sozinho.

Ele se ergueu lentamente de seu banco e balançou timidamente a sineta.

— Escutem, escutem. Sim, sim. Os jogos da primeira Olimpíada da Biblioteca estão a partir de agora suspensos. Se vocês tiverem dificuldades em entender a palavra "suspensos", façam o favor de procurar em um dicionário, mas nem pensem em examinar uma enciclopédia, porque todos os volumes "S" estão desaparecidos.

— Isso quer dizer que eu venci? — gritou Marjory.

— Não, Srta. Muldauer. Isso quer dizer que estou cansado de jogar jogos aqui em Alexandriaville. Ninguém venceu. Todo mundo perdeu.

— E quanto às bolsas de estudo para a faculdade que o senhor prometeu? — perguntou um dos outros membros do time Meio-oeste.

O Sr. Lemoncello se virou para a bibliotecária chefe:

— Dra. Zinchenko? Faça o favor de dar um cartão "Vá à Faculdade de Graça" para cada um dos atletas olímpicos da biblioteca.

Ela começou a distribuir pequenos cartões alaranjados.

— Amanhã — falou o Sr. Lemoncello —, vocês devem todos receber uma bolsa de estudos completa, *se* se lembrarem de trazer esses cartões para a cerimônia de encerramento. Se vocês de alguma forma os perderem entre agora e amanhã, posso fingir que não sei quem vocês são, o que vocês querem ou o que foi que prometi lhes dar.

A Dra. Zinchenko entregou a Kyle o seu cartão "Vá à Faculdade de Graça".

Ele era do tamanho de um cartão de "Sorte" ou "Fortuna" do jogo de tabuleiro do Sr. Lemoncello chamado *Frenesi Familiar*.

Mas aquele retângulo de cartolina plana valia milhares e milhares de dólares.

Ainda assim, Kyle desejava que o Sr. Lemoncello não parecesse tão triste. Ele preferia ter tirado o cartão "Encontre os Livros Desaparecidos". Ele preferia que eles pudessem todos voltar a jogar.

Quando os 32 cartões "Vá à Faculdade de Graça" foram distribuídos, o Sr. Lemoncello estreitou os olhos e encarou os competidores.

— Energéticas e esplendorosas congratulações para todos vocês — disse ele, sem sua habitual energia. — No entanto, tenho uma sensação, lá no fundo, de que pelo menos um de vocês não precisa realmente de uma bolsa de estudos minha.

Kyle observava enquanto a plateia saía se arrastando do prédio.

A maior parte dos atletas olímpicos da biblioteca ficou animada ao ouvir que eles receberiam uma bolsa de estudos para a faculdade com todas as despesas pagas mesmo sem ganhar a maioria das medalhas.

Os Chiltington e seus amigos bem-vestidos estavam felicíssimos por outras razões.

— Que trabalho maravilhoso, Srta. Muldauer! — falou a Sra. Chiltington, quando Marjory e seu time passaram por ela no caminho para a porta da frente. — Simplesmente maravilhoso! Você desmoralizou o homem por completo.

— Um final fantástico — acrescentou Charles. — Fazer Lemoncello cancelar esses supostos Jogos Olímpicos? Nem mesmo eu poderia ter feito isso com tamanha habilidade.

— O Sr. Lemoncello parecia tão triste. — A Sra. Chiltington deu uma risadinha. — Eu não ficaria surpresa se ele embalasse todos os seus brinquedos e voltasse para Nova York!

— Se ele fizer isso, pode ser a melhor opção — disse Marjory a seu pequeno grupo de fãs. — Por tempo demais, o Sr. Lemoncello fingiu ser um amante de bibliotecas quando, na verdade, era tudo uma jogada publicitária esperta para ele poder vender seus jogos ridículos ainda mais!

A Liga dos Amantes de Bibliotecas Preocupados aplaudiu elegantemente.

— Talvez agora vocês, cidadãos preocupados, aqueles que amam bibliotecas *qua* bibliotecas, possam administrar essa instituição da forma que sabemos que ela deveria ser administrada. Se vocês transformarem esse prédio cheio de livros num verdadeiro templo de aprendizado, as pessoas de todo o estado de Ohio perguntarão "Aquela biblioteca lá em Alexandriaville é boa?". E vocês podem responder "Ei, ela *não* é uma Lemoncello. É uma biblioteca!".

As mãos de seus admiradores se agitaram outra vez.

Marjory acenou graciosamente com a cabeça, então seguiu pelo saguão com o resto do time. Na verdade, os outros jovens do time Meio-oeste não estavam realmente caminhando *com* Marjory, apenas na mesma direção geral.

— Aonde foi o Sr. Lemoncello? — perguntou Akimi.

— Eu o vi subir com o Clarence — disse Sierra. — Provavelmente para consolar a Dra. Zinchenko.

— Com certeza — falou Miguel. — Bibliotecários sempre surtam quando livros e enciclopédias desaparecem misteriosamente de suas prateleiras.

A Sra. Yunghans e o Sr. Sharp, os dois acompanhantes do time da casa, vieram se juntar aos competidores à mesa de leitura.

— Vocês estão prontos para pegar o livromóvel para voltar à Vila Olímpica? — perguntou o Sr. Sharp.

— Ainda não — respondeu Kyle. — Queremos nos assegurar de que o Sr. Lemoncello está bem.

— Certo — falou o Sr. Sharp. — Mas é noite de churrasco no hotel.

— Não estamos muito no clima para churrasco — disse Akimi.

— Eles também têm sorvete — falou a Sra. Yunghans.

Akimi torceu o nariz:

— Acho que acabei de virar intolerante a lactose.

— Não vamos demorar — disse Kyle, enfiando seu cartão alaranjado da bolsa de estudos no bolso da camisa. — Vamos lá, pessoal.

Enquanto seu time subia reunido a escada em espiral até o segundo andar, Kyle olhou para a Sala de Leitura da Rotunda abaixo e percebeu como a biblioteca parecia oca sem ninguém dentro dela.

Ninguém usava as escaladoras, lanchava no Café Cantinho Literário, encontrava-se nas salas de reunião comunitárias, corria até o andar de cima para fazer pesquisa em uma estação de colaboração ou seguia até o terceiro andar para checar os mais novos videogames educacionais no Centro Eletrônico de Aprendizado.

Os nichos das estátuas holográficas estavam vazios e escuros.

A Cúpula das Maravilhas era apenas uma tela vazia. Um aparelho de TV depois que a energia é desligada.

Sem pessoas, risadas ou aprendizado, o prédio abobadado era apenas um túmulo pomposo cheio de livros secos e empoeirados.

— Sr. Lemoncello? — gritou Kyle, sua voz ecoando sob a cúpula. — Dra. Zinchenko?

— Estamos aqui atrás — respondeu a Dra. Zinchenko. — Do lado de fora da porta da sala 000.

Kyle e seus companheiros de equipe deram a volta na sacada circular.

O Sr. Lemoncello, a Dra. Zinchenko e Clarence estavam parados no mesmo lugar que tinha servido como linha de partida para a Corrida de Revezamento do Carrinho de Biblioteca. Eles folheavam a pilha espessa de papel de Clarence com expressões sérias no rosto.

— Ei, Sr. Lemoncello — falou Kyle.

O Sr. Lemoncello ergueu a mão esquerda para silenciar Kyle e continuou a olhar tristemente para a lista de livros desaparecidos.

— Está nos dizendo que um indivíduo removeu todas as 36 cópias de *Flora & Ulisses*? — perguntou a Dra. Zinchenko.

— Trinta e cinco delas — respondeu Clarence. — Outra pessoa tirou o último exemplar da parede de ficção. Mas o nosso suspeito principal também retirou múltiplos exemplares de outros títulos. Rastreando seus registros, vemos que ele vem trabalhando em seu projeto de remoção de livros há quase um mês.

— Os livros estão atrasados?

— Ainda não, Dra. Z — respondeu Clarence. — Ele renovou todos eles automaticamente online. Não podemos ter certeza, mas achamos que também foi ele que removeu todas aquelas enciclopédias "S" e "E".

— Isso não é novidade — falou o Sr. Lemoncello. — Vejam bem, Clarence, Dra. Zinchenko... eu sempre soube quem estava por trás desse disparate. E por quê. Detê-lo e trazer de volta todos os livros desaparecidos deveria ser nosso desafio final nas Olimpíadas da Biblioteca. Já venho distribuindo pistas a torto e a direito. Mas não acho que posso continuar com esse plano. Se ele e seus associados podem recrutar uma criança... um atleta olímpico da biblioteca, ainda por cima... ou um grupo de crianças para a sua causa, que esperança resta?

— Nós ajudaremos, senhor — falou Kyle.

— Ajudarão mesmo, Sr. Keeley? Já entreguei o grande prêmio. Trinta e dois deles, na verdade. Não posso dar ao seu time um prêmio *maior*, nem mesmo um fã maior.

— Está tudo bem. Só queremos continuar jogando e provar que somos campeões. Além disso, achei que encontrar os livros desaparecidos deveria ser o décimo segundo jogo.

— Deveria. Outra espécie de caça ao tesouro.

— Então, se encontrarmos os livros, nós ganharíamos a décima segunda medalha.

— E então poderíamos ter uma prorrogação em morte súbita contra Marjory Muldauer — acrescentou Akimi.

O Sr. Lemoncello sacudiu a cabeça:

— E se eu lhes dissesse que vocês poderiam precisar da Srta. Muldauer para recuperar todos os livros em segurança?

Akimi fez seu gesto famoso de "pode me matar".

— Eu sei, eu sei — falou o Sr. Lemoncello. — É impossível. Pedir para vocês e os outros atletas olímpicos da biblioteca trabalharem juntos por um propósito maior e comum? Esqueçam que eu ao menos mencionei isso. Dra. Zinchenko?

— Senhor?

— Já tomei minha decisão, apesar de não ter tomado meu café. Eu, Luigi Libretto Lemoncello, neste momento declaro que os jogos da Primeira Olimpíada da Biblioteca estão encerrados. Acabados. Kaput. Não haverá vencedores. A biblioteca fracassou em encontrar seus verdadeiros campeões. Amanhã à noite, na cerimônia de encerramento, faça o favor de entregar uma bolsa de estudos para a faculdade a cada competidor que apresentar um cartão alaranjado. Receio que não serei capaz de comparecer às festividades. Estarei fora da cidade. Ou numa ponte para Terabítia, ou voando para minha casa em Nova York. Na verdade, pode ser que eu nunca mais volte a Alexandriaville ou ao estado de Ohio.

Essa era simplesmente a pior coisa que Kyle já tinha ouvido.

— Sr. Lemoncello? — falou ele. — Se o senhor sabe quem retirou todos os livros, por que o senhor não avisa a polícia e manda prender o sujeito?

— Os livros ainda não estão atrasados — respondeu a Dra. Zinchenko. — E, se eu puder citar o código de ética da Associação Americana de Bibliotecas...

— Por favor, Dra. Z, cite o quanto quiser — falou o Sr. Lemoncello.

— Aqui na Biblioteca Lemoncello, nós protegemos o direito de privacidade e confidencialidade de cada usuário da biblioteca no que diz respeito à informação buscada ou recebida e aos recursos consultados, retirados, adquiridos ou transmitidos.

— Sério? — perguntou Akimi.

— Ah, sim — falou Miguel. — Essa é a lei da biblioteca.

Kyle tentou mais uma vez:

— Mas, Sr. Lemoncello...

Seu herói ergueu a mão novamente:

— Foi divertido, Sr. Keeley, mas agora acabou. Dra. Zinchenko? Na segunda-feira de manhã, faça o favor de instruir meus advogados a aprontar a papelada necessária para apontar a Sra. Chiltington e sua Liga dos Amantes de Bibliotecas Preocupados como o primeiro conselho de administração. Então retire a minha estátua e embale todas as coisas com o meu nome, incluindo o meu último engradado de Limorango Borbulhante.

— Mas e se encontrarmos os livros desaparecidos? — apelou Kyle.

— Eu já lhe disse... não vou mais entregar medalhas. Não há mais prêmios, Kyle. Não há mais sorvete, bolo ou balões.

— Eu não me importo. — Kyle se virou para seus companheiros de time. — E quanto a vocês?

Eles todos sacudiram as cabeças.

— Não — falou Miguel.

— As medalhas não combinam com os meus brincos — acrescentou Akimi.

— Tudo bem — falou o Sr. Lemoncello. — Como vocês quiserem. Joguem meu último jogo, encontrem os livros desaparecidos antes da cerimônia de encerramento de amanhã e pode ser... repito, pode ser... que eu reconsidere entregar minha biblioteca à Sra. Chiltington. Pode ser também que eu considere a possibilidade de ficar em Ohio permanentemente.

— Obrigado, senhor — disse Kyle. — Porque não precisamos realmente ganhar mais medalhas ou bolsas de estudos. Mas realmente precisamos de você. E da nossa biblioteca.

Por volta de meia-noite, depois de celebrar a derrota do Sr. Lemoncello com Charles e Marjory bebendo algumas garrafas de refrigerante doce, Andrew Peckleman ainda precisava varrer os entornos do hotel.

Apesar de ser muito tarde, ele ouviu vozes vindo do escritório do seu tio, então se aproximou da porta com a vassoura e seu espanador.

Ele ouviu seu tio Woody, Marjory Muldauer...

...e a Sra. Chiltington?

Andrew encostou as costas à parede e ficou escutando. Seu tio estava rindo:

— Luigi está realmente indo embora da cidade?

— É o que parece — respondeu a Sra. Chiltington. — Acabei de receber uma ligação daquela mulher russa, a Dra. Zinfluenzo. Ela sugeriu que eu fosse o mais cedo possível à biblioteca na segunda-feira. Aparentemente, os advogados do Sr. Lemoncello estão providenciando a papelada para transferir a administração da biblioteca "dele" para seu novo conselho de administração.

— Que são você e seus amigos, não é mesmo? — perguntou Marjory.

— Sim, A Liga dos Amantes de Bibliotecas Preocupados se assegurará de que a nova Biblioteca Pública de Alexandriaville sofra uma drástica mudança de rumo e deixe de submeter suas crianças a influências corrompidas e frivolidade irracional.

— E pensar que — falou seu tio — a ruína do Luigi começou com um livro. Aquele que você tirou da prateleira para mim, Marjory. Isso foi a última gota.

— Como o senhor sabia que perder *Flora & Ulisses* teria aquele efeito nele, Sr. Peckleman? — perguntou Marjory.

O velho homem gargalhou:

— Porque o Luigi é esperto. Ele percebeu que um de vocês, daquelas crianças que amam bibliotecas, estava me ajudando a acumular cada uma das cópias daquele livro terrível. Isso partiu seu coração. Esmagou seu espírito.

— Bem...

Andrew foi capaz de ouvir um leve tremor na voz de Marjory. Ela respirou fundo:

— Fico muito feliz de ter podido ajudá-los a impedir que uma biblioteca se transformasse numa armadilha barata para turistas, estilo Mundo da Magia, cheia de pó de flu — continuou ela, sua voz trêmula. — No entanto, agora que o Sr. Lemoncello está renunciando ao controle, deveríamos devolver o livro que eu peguei. Talvez eu pudesse deixá-lo na caixa de devolução de livros na calçada quando ninguém estiver observando.

— Não há necessidade de fazer isso, querida — disse o tio de Andrew.

— Discordo — falou Marjory. — Não posso simplesmente entrar de volta na biblioteca com o livro.

— Claro que não. O que quis dizer é que não há absolutamente nenhuma necessidade de nós *algum dia* devolvermos um único exemplar daquele livro em particular. A biblioteca tem muitos outros livros. Ninguém vai sentir falta de mais um.

— É verdade — disse a Sra. Chiltington. — Existem tantos livros infantis maravilhosos. Tenho sugestões de outros que também deveríamos estocar.

— Mas *Flora & Ulisses* ganhou a Medalha Newbery — argumentou Marjory. — Sempre deve haver pelo menos um exemplar nas prateleiras de qualquer biblioteca.

— Talvez sim — disse a Sra. Chiltington. — Talvez não. Ele me parece infantil demais.

— É um livro infantil. Ele foi feito para ser infantil.

— Srta. Muldauer — falou a Sra. Chiltington —, tenho certeza de que nossos novos bibliotecários darão a merecida atenção às suas preocupações sobre esse tal de *Flora & Ulisses*. No entanto, como você mora no Michigan, e não aqui em Ohio, você pode não estar completamente ciente dos gostos e das opiniões locais sobre quais livros deveriam ou não estar nas prateleiras da nossa biblioteca.

— Além do mais — complementou o tio de Andrew —, não gosto daquele livro. É um dos piores do gênero.

— Há outros de que *eu* não gosto — acrescentou a Sra. Chiltington. — Por exemplo, aquele da tartaruga Yertle. Ele é bastante subversivo. Com certeza não é o que nossas crianças precisam ler se esperamos que elas cresçam adequadamente. Há também alguns livros de história locais que são muito tendenciosos em sua interpretação do passado. Um intitulado *Piratas e patifes do rio Ohio*, por exemplo, é cheio de mentiras, insinuações maldosas e desinformação. Ele deveria, mais uma vez, ser retirado das prateleiras.

— M-m-mas... — gaguejou Marjory.

— Obrigada, Srta. Muldauer, por toda a sua ajuda. Graças a você, nossa adorável nova biblioteca logo se tornará uma biblioteca de verdade. Sem nenhuma loucura do Sr. Lemoncello.

Andrew rapidamente se afastou da porta, varrendo o chão.

Ele não podia acreditar em seus ouvidos.

Seu tio-avô e a Sra. Chiltington estavam tentando banir certos livros da Biblioteca Pública de Alexandriaville.

Livros de que eles não gostavam.

Os dois eram quase tão ruins quanto todos aqueles queimadores e banidores de livros que Andrew costumava odiar na época em que amava bibliotecas.

E, na verdade, ele ainda meio que amava.

De manhã bem cedo, o livromóvel deixou Kyle e seus companheiros de equipe em frente à biblioteca.

— Vou esperar aqui — falou o motorista.

— Obrigado — disse Kyle.

Ele e seus companheiros subiram a escada frontal apressadamente e entraram na biblioteca.

A estátua do Sr. Lemoncello tinha sumido.

Alguém tinha espalhado cimento molhado sobre o lema "O Conhecimento que não é Dividido Permanece Desconhecido" talhado na base da fonte.

— O Sr. Lemoncello deixou o prédio — falou Clarence, saindo da sala de controle junto ao saguão.

— Dá para ver — respondeu Kyle. — Alguém tirou a estátua.

— O Sr. Lemoncello — disse Clarence. — Ele queria enviá-la à sua fábrica em Nova Jersey. Eles têm um jardim.

— Quem apagou o slogan dele? — perguntou Sierra.

— O novo conselho de administração. Eles não assumem oficialmente até algum momento na segunda-feira, mas já começaram a fazer mudanças. Eles têm um novo slogan: "Shhh!" Agora estão lá dentro, tentando descobrir uma forma de desmontar as escaladoras.

— Ah, diga que não é verdade — falou Kyle. — As escaladoras são incríveis!

Kyle entrou apressado na Sala de Leitura da Rotunda com Miguel, Akimi e Sierra logo atrás.

Charles Chiltington estava golpeando a base de uma das escaladoras com uma chave de fenda pontuda.

— Pare com isso, Charles — disse Kyle.

— Ah, olá, Keeley. O que faz aqui na biblioteca da minha mãe?

— A biblioteca não é dela — falou Akimi.

— Bem, logo será — disse Charles. — Quando eu acabar de botar essas geringonças ridículas abaixo, vou subir com meus alicates de cortar fios. Minha mãe quer que eu corte os cabos de força de todos aqueles videogames estúpidos.

— Isso *com certeza* não vai acontecer — falou Miguel.

— Sério? Quem vai me impedir?

— Eu! — falou a bibliotecária holográfica, Lonni Gause.

Ela não parecia estar bruxuleando tanto quanto de costume.

— O quê? — Charles riu. — Não quero ser grosseiro, senhora, mas você não é real.

— É verdade. Sou uma bibliotecária virtual. Isso significa que vivo na nuvem dentro de um computador. Um computador conectado às 498 diferentes câmeras de segurança que no momento operam dentro dessa biblioteca. Também estou conectada à Internet e sei exatamente como enviar à polícia do estado as imagens de vídeo que mostram você vandalizando esse equipamento caro. É espantoso o que se pode fazer quando divide o conhecimento com os outros.

— Você não ousaria. Minha mãe é...

— Apenas mais uma portadora de cartão da biblioteca até segunda-feira.

— A bibliotecária de mentirinha está correta, Charles — falou a Sra. Chiltington, enquanto saía do Café Cantinho Literário, bebendo uma xícara de chá com o dedo mindinho levantado.

— Eu deveria saber — arfou a Sra. Gause. — É você de novo!

A Sra. Chiltington sorriu e bebeu mais um gole do chá.

— Ei — falou Miguel. — Comidas e bebidas não são permitidas dentro da biblioteca. A senhora tem que beber isso no Café Cantinho Literário ou derramar o líquido na pia.

Clarence e Clement entraram na Sala de Leitura da Rotunda.

— Tem alguém bebendo chá onde não deveria? — perguntou Clarence.

— Sim — respondeu a bibliotecária holográfica. — Façam o favor de acompanhar a Sra. Chiltington e seu filho desordeiro até a saída. E, aconteça o que acontecer, não deixem que aquela mulher chegue perto da sala dos 900s!

— Não há necessidade de nos acompanhar — bufou a Sra. Chiltington. — Conhecemos o caminho. Venha comigo, Charles, querido. Mas, Sra. Gause?

— Sim?

— A primeira coisa que farei na segunda-feira pela manhã é desligar a sua tomada.

Assim que os Chiltington foram embora, Kyle se virou para a Sra. Gause:

— Queremos jogar o jogo final.

— A busca pelos livros?

— Sim, senhora. Imaginamos que, se esse deveria ser o décimo segundo jogo, como o Sr. Lemoncello disse que era, devem existir algumas pistas que usaríamos para começar.

— Não estou ciente de nenhuma nova pista. Apenas daquelas que ele já ofereceu.

— E quanto àquelas câmeras de segurança que flagraram Charles? — perguntou Kyle. — Elas gravaram quem tirou o último exemplar de *Flora & Ulisses* da prateleira? O Sr. Lemoncello disse que tinha que ser um dos atletas olímpicos. Talvez um dos times perdedores tenha feito isso para que ninguém mais pudesse vencer.

— Hmm, Kyle? — falou Akimi. — Como eles saberiam que livro levar?

— Não sei. Talvez tenham hackeado o computador da Dra. Zinchenko.

Akimi arqueou uma sobrancelha:

— Você está inventando isso agora, não está?

— Sim.

— Infelizmente — falou a Sra. Gause —, nenhuma das câmeras da parede de ficção estava funcionando desde o começo das Olimpíadas da Biblioteca até dez minutos atrás.

— Veja bem, Sra. Gause — disse Kyle —, precisamos encontrar aqueles livros desaparecidos. Antes de hoje à noite.

— E queremos que vocês os encontrem — respondeu a Sra. Gause.

— Queremos mesmo — falou uma das estátuas holográficas, que tinha acabado de aparecer debaixo da Cúpula das Maravilhas. Benjamin Franklin.

Agora todas as outras estátuas dos nichos ganhavam vida iluminada e começavam a gritar:

— Salvem a biblioteca!

— Vocês conseguem, meninos e meninas!

— Sua biblioteca é o seu paraíso!

— São todos os bibliotecários famosos de novo — disse Miguel.

— A tarefa que vocês estão tentando cumprir é muito difícil — falou a Sra. Gause. — É também extremamente complexa. É possível que vocês e todos os outros times sejam necessários para desvendar esse quebra-cabeça em particular.

— Todos ainda estão no hotel — disse Akimi —, porque a Dra. Z vai entregar as bolsas de estudo hoje à noite na cerimônia de encerramento.

— Bem — falou a Sra. Gause —, vocês não precisam de *todos* eles. Apenas dos vencedores. Aqueles que ganharam medalhas?

Então ela piscou. Várias vezes.

— As medalhas! — disse Kyle. — Claro. Todos aqueles nomes bobos. Eles são pistas. O Sr. Lemoncello disse que estava distribuindo pistas a torto e a direito. Ele vem nos preparando para esse desafio final desde o primeiro dia das Olimpíadas da Biblioteca.

De repente, a Cúpula das Maravilhas estava coberta com uma colagem de vídeo de "replay instantâneo" do Sr. Lemoncello entregando onze medalhas diferentes.

— Então — falou Miguel —, alguém se lembra de como todas aquelas medalhas eram chamadas?

— Sinto muito — disse Sierra. — Acho que eu devia ter feito anotações.

— Vamos lá, pessoal — falou Kyle. — Vamos voltar à Vila Olímpica. Temos algumas medalhas para examinar.

— O que vamos aprender com todas as medalhas? — perguntou Sierra, enquanto o livromóvel voltava à Vila Olímpica.

— Não sei — respondeu Kyle.

— Talvez tenha algo gravado no verso — sugeriu Miguel. — Talvez partes de um mapa, como naquele filme *A lenda do tesouro perdido*. E, se você ordenar as medalhas corretamente, elas formarão um mapa do tesouro que nos levará ao esconderijo secreto dos livros desaparecidos!

— Sério? — falou Akimi.

— Ei — disse Kyle. — É uma possibilidade. Temos que considerar todas as possibilidades.

— Mesmo as mais malucas?

— Sim — respondeu Miguel —, estamos falando sobre Luigi Lemoncello. Maluquices são normalmente sua primeira escolha.

— Acha que Marjory Muldauer vai nos deixar ao menos olhar para as quatro medalhas que ganhou? — perguntou Sierra.

— De jeito nenhum — disse Akimi. — Se ela descobrir que estamos tentando vencer o décimo segundo jogo, mesmo que não tenha nenhum prêmio...

— A não ser salvar a biblioteca do Sr. Lemoncello — falou Kyle.

— Uma biblioteca que, por sinal, Marjory Muldauer detesta — complementou Miguel.

— É exatamente disso que estou falando — disse Akimi.
— Ela não vai nos ajudar, Kyle.

— Bem, temos que tentar. O Sr. Lemoncello disse que poderíamos precisar da Marjory para "vencer" essa rodada. Não que nós possamos *vencer* alguma coisa.

Quando chegaram à Vila Olímpica, a maior parte dos outros times estava reunida no refeitório, empanturrando-se de bacon e brincando com as máquinas de waffles.

— Hmm, pessoal — falou Kyle, parando perto da lareira em uma ponta do salão —, não quero interromper seu café da manhã, mas meio que precisamos da ajuda de vocês.

— Para quê? — perguntou Elliott Schilpp, o garoto de Maryland, que parecia gostar de bacon tanto quanto gostava de pizza.

— Alguém vem tirando livros da Biblioteca Lemoncello sem devolvê-los — disse Akimi.

— Encontrar os livros desaparecidos deveria ser o décimo segundo jogo nas Olimpíadas da Biblioteca — explicou Kyle.

— Então nós ganhamos um prêmio extra se os ajudarmos a desvendar esse mistério? — perguntou Angus Harper, do Texas.

— Na verdade, não — respondeu Akimi. — Nem nós. O Sr. Lemoncello basicamente cancelou as Olimpíadas da Biblioteca.

— Mas precisamos encontrá-los de qualquer forma — disse Kyle. — Ou então o Sr. Lemoncello vai embora da cidade e sua biblioteca impressionantemente incrível vai virar o Depósito de Livros da Sra. Chatonilda da Tediolândia.

— Eles vão trazer bibliotecários à moda antiga para mandar as pessoas ficarem em silêncio — completou Miguel.

— Bem, se não ganhamos nada por ajudá-los — resmungou um sujeito de Nova York —, por que deveríamos ajudar? Já descolamos nossas bolsas de estudo para a faculdade.

— Na verdade — falou Kyle —, vocês *vão* ganhar algo mais se nos ajudarem a fazer isso.

— Sim? O quê?

— Vão poder voltar a Alexandriaville toda vez que quiserem e se divertir fazendo pesquisas ou aprendendo coisas sobre répteis pré-históricos voadores, ou conversando com hologramas famosos, como um cientista de foguetes incrível que conhecemos, ou só lendo um bom livro que vocês encontrarão enquanto flutuam e navegam pela parede de ficção da biblioteca espantosamente incrível do Sr. Lemoncello.

O salão inteiro estava em silêncio. Não se ouvia nem mesmo o tilintar de um garfo ou goles em bebidas.

Finalmente, Angus se levantou:

— Parece bacana para mim.

Stephanie Youngerman, do time Montanha, levantou-se em seguida:

— Do que vocês precisam?

— Ah, que se dane — disse o garoto de Nova York. — Podem contar comigo.

— Comigo também! — falou Elliott Schilpp, com a boca cheia de bacon.

— Obrigado, pessoal — disse Kyle. — Primeiro precisamos ver as medalhas de todo mundo. Incluindo aquelas que o time Meio-oeste ganhou.

— Ah, você quer dizer aquelas que Marjory Muldauer disse que ganhou sozinha? — perguntou uma garota com um boné dos Badgers de Wisconsin.

— Não se preocupem — falou Margaret Miles, a acompanhante do time Meio-oeste. — Fiz com que Marjory entregasse as medalhas a mim.

— Marjory está por aí? — perguntou Kyle.

— Foi dar uma caminhada com o nosso outro acompanhante — respondeu a Sra. Miles. — O Padre Mike, da Escola Católica Regis, de Cedar Rapids, Iowa. Eles devem voltar logo.

Foi então que Andrew Peckleman entrou no refeitório.

— Kyle? — falou ele. — Precisamos conversar.

— Estamos mais ou menos ocupados aqui, Andrew — falou Kyle educadamente.

Andrew colocou a mão sobre a boca e sussurrou:

— Eu sei quem pegou o último exemplar de *Flora & Ulisses*.

Kyle gesticulou para que Andrew saísse da sala com ele.

— Primeiramente — disse Kyle —, sinto muito *mesmo* por aquela piada de lixeiro que fiz outro dia.

— Você estava sob muita pressão. Sei como é. Quando participamos do jogo da fuga, Charles Chiltington colocou tanta pressão sobre mim que achei que me transformaria num diamante.

Kyle deve ter parecido confuso.

— Você sabe — falou Andrew. — Da mesma forma que o Super-Homem pode apertar um pedaço de carvão com tanta força que ele se transforma em um diamante?

— Claaaro — disse Kyle. — Então, quem roubou o livro da prateleira?

Andrew demorou um momento:

— Marjory Muldauer. É por isso que ela está com o padre. Acho que está arrepedida e foi se confessar!

— Mas por que ela pegaria o livro?

— Porque meu tio falou para ela fazer isso.

Foi por isso que o Sr. Peckleman ofereceu cartões de trapaça a Miguel e Sierra?, perguntou-se Kyle. *Talvez ele não estivesse trabalhando para o Sr. Lemoncello, mas contra ele!*

— Ontem, tarde da noite — falou Andrew —, eu ouvi os dois conversando com a Sra. Chiltington sobre tirar o livro da prateleira. O Tio Woody já tinha retirado as outras 35 cópias e provavelmente também teria retirado a última, só que pessoas comuns não puderam entrar na biblioteca por uma semana inteira enquanto eles preparavam o local para as Olimpíadas.

Agora Kyle se perguntava se tinha sido por isso que Marjory o tinha bloqueado em vez de ir na direção do livro na corrida de escaladoras.

Ela sabia que o último exemplar de *Flora & Ulisses* não estaria na prateleira porque ela já o tinha removido. Ela provavelmente não achava que era uma atriz boa o suficiente para ser a pessoa a encontrar o espaço vazio, mas também não queria que Kyle o encontrasse, porque supôs que o Sr. Lemoncello daria uma medalha a quem quer que encontrasse o espaço onde o livro deveria estar.

— Certo. Então por que o seu tio queria o último exemplar de *Flora & Ulisses*?

— Não sei bem — respondeu Andrew. — Mas estou formulando uma hipótese. Tem a ver com todos aqueles outros livros e enciclopédias que vocês dizem que estão desaparecidos da biblioteca. Você tem uma lista completa?

Kyle sacudiu a cabeça. Ele devia ter pensado naquilo.

Como iam devolver todos os livros desaparecidos se nem sabiam quais livros estavam faltando?

Então ele teve uma ideia.

— Clarence sabe!

— Quem?

— O chefe da segurança. Venha.

Kyle e Andrew voltaram ao refeitório.

— Pessoal? — falou Kyle.

— O que houve? — perguntou Akimi.

— Andrew e eu precisamos voltar ao centro da cidade. Sierra? Pode vir com a gente?

Sierra olhou para Andrew, o garoto que tinha roubado seu cartão da biblioteca durante o jogo da fuga.

— Eu nunca quis roubar seu cartão da biblioteca — disse Andrew. — Juro. Charles me obrigou a fazer aquilo.

— Eu sei — respondeu Sierra. E respirou fundo. — Devo dizer ao motorista para esquentar os motores do livromóvel?

— Com certeza — disse Kyle. — Vá com Sierra, Andrew. Encontro vocês na entrada.

— O que houve? — perguntou Miguel.

— Temos uma pista de quem pode ter retirado todos aqueles livros.

— Então o que precisam que o resto de nós faça enquanto vocês estão fora? — perguntou Akimi.

— Juntem todas as medalhas. Façam uma lista. Vejam se existe algum tipo de padrão ou código escondido.

— Ou um mapa do tesouro gravado no verso das medalhas! — falou Miguel.

— Claaaro. Ou isso. Estão com os seus telefones?

— Com certeza — respondeu Akimi.
— Ótimo. Quem encontrar alguma coisa primeiro...
— Liga para os outros.

Clarence encontrou Kyle, Sierra e Andrew no saguão.
— Estamos procurando os livros desaparecidos — disse Kyle.
— Bem, não quero cortar a sua onda, Sr. Keeley — falou Clarence —, mas acho que está no lugar errado. Os livros não estão aqui na biblioteca. Se estivessem, eles não estariam desaparecidos.
— Sabemos disso — respondeu Kyle. — Mas precisamos ver a sua lista.
— Por quê?
— Tenho uma hipótese — disse Andrew.
Clarence gesticulou para que os três caçadores do tesouro o seguissem pela porta vermelha que levava à sala de controle:
— Aqui está a lista. Espero que ela ajude. Estarei lá fora no saguão, se vocês precisarem de mais alguma coisa.
Clarence foi embora. Andrew e Sierra estudaram as páginas.
— Arrá! — falou Andrew. — Eu estava certo.
— Muito bem, Andrew — disse Sierra. — É tão óbvio.
Kyle olhou para a lista.
Ele não fazia ideia de sobre o que eles estavam falando.

— Você já leu *Flora & Ulisses?* — perguntou Andrew a Kyle.

Kyle olhou para o chão e meio que arrastou os pés:

— Eu queria. Mas todas as cópias tinham sido retiradas ou estavam desaparecidas e...

— É sobre um esquilo, Kyle — falou Sierra, sorrindo.

— Assim como todos esses outros livros — disse Andrew.

Sierra leu alguns títulos da lista:

— *O conto do esquilo Nutkin*, de Beatrix Potter. *O esquilo mais corajoso de todos*, de Sara Shafer. *Earl, o esquilo*, de Don Freeman.

— *Earl* também é um ótimo audiolivro — falou Andrew.

— O Tio Woody também retirou cada um dos livros da sala dos quinhentos sobre esquilos... todas as três subcategorias sob 599.36 para *Sciuridae*.

— Para *quem*? — perguntou Kyle.

— *"Sciuridae"* significa "família de esquilos" — explicou Sierra.

— É isso mesmo — disse Andrew, sorrindo para Sierra, que, acreditem ou não, estava retribuindo o gesto.
— O Tio Woody levou tudo o que o Sr. Lemoncello tinha sobre esquilos de árvores, esquilos do solo *e* esquilos voadores.

— E, então — falou Sierra —, ele desceu e pegou todos os DVDs de *As aventuras de Rocky e Bullwinkle.*

— Porque Rocky é um esquilo voador! — acrescentou Andrew, entusiasmado. — Ele também levou todos os volumes das enciclopédias que incluíam as letras S e E...

— Porque eles tinham Esquilos e a família *Sciuridae* — falou Kyle, finalmente acompanhando. — Mas por que o seu tio precisa de todos esses livros? Ele é algum tipo de esquilofrênico?

Andrew riu:

— *Touché*, Kyle. Muito inteligente.

Sierra também riu:

— Entendi. Esquilo-frênico.

— E o Tio Woody estava surrupiando todos os livros de esquilos que ele podia!

— Então — falou Kyle — por qualquer razão que seja, seu tio ama tanto os esquilos que ele tem que acumular cada livro sobre esquilos que ele conseguir encontrar?

— Ah, não — respondeu Andrew, soando extremamente sério mais uma vez. Ele ajustou seus óculos com a ponta do dedo. — Meu tio não ama esquilos. Ele os *odeia*. O que ele ama são os pássaros.

— Certo — falou Kyle. — Todos aqueles comedouros para aves no terreno do hotel. Chamá-lo de Pousada do Gaio Azul em homenagem ao passarinho. A forma como ele olhava para aqueles pássaros na Cúpula das Maravilhas naquele dia.

— Correto. O Tio Woody acha que esquilos não são "nada além de roedores larápios" e "ratos com rabos felpudos". Eles bagunçam todos os seus comedouros.

— Então, como odeia esquilos, ele não quer que ninguém leia sobre eles?

Andrew encolheu os ombros:

— Acho que sim. Como dissemos, ele é meio maluco.

Kyle estalou os dedos:

— É por isso que aquele videogame do *Esquadrão Esquilo* nunca funcionou na sala de jogos do hotel.

— Tio Woody provavelmente cortou o cabo de força.

— Você sabe onde ele colocou os livros? — perguntou Kyle.

— Não — respondeu Andrew. — Só comecei a desvendar tudo isso hoje de manhã, depois que ouvi o Tio Woody conversando com a Marjory sobre *Flora & Ulisses*. No entanto, se me aceitarem, eu gostaria de ajudar a encontrar os livros desaparecidos.

— Você nos ajudaria?

— Com certeza. Não importa o quanto discorde do Sr. Lemoncello e de suas ideias loucas sobre bibliotecas, eu respeito totalmente o direito dele de estocar suas prateleiras com quaisquer livros que quiser. E também o nosso direito de lê-los.

Sierra ficou radiante quando Andrew falou aquilo.

O telefone de Kyle começou a tocar. Era Akimi.

— O que você conseguiu? — perguntou Kyle a ela.

— Encontrem-nos no Liberty Park, do outro lado da rua em relação ao hotel.

— Estamos a caminho. — Ele terminou a ligação. — Vamos lá, pessoal!
— Onde estamos indo? — perguntou Andrew.
— Ao Liberty Park.
— Por quê?
— Não faço ideia.

Kyle, Sierra e Andrew entraram apressados no livromóvel e partiram.

— O parque é do outro lado da rua do hotel do meu tio — falou Andrew. — Talvez ele tenha enterrado os livros de esquilos na caixa de areia ou algo assim.

— Todos eles? — perguntou Sierra.

— Esperem um pouco — disse Kyle, enquanto usava o polegar para ligar para Akimi.

— Onde vocês estão, Kyle? — perguntou Akimi no momento em que atendeu.

— Estamos a caminho.

— Bem, venham logo. Estamos um pouco confusos.

— Quem está com você?

— Miguel e um jogador de cada um dos outros times.

— Legal. De quem foi a ideia?

— Minha.

— Demais!

— Sim. Posso ser muito diplomática quando estou prestes a perder a minha biblioteca favorita do mundo inteiro.

— Então qual é o lance do Liberty Park? O que os levou até aí?

— As medalhas! — respondeu Akimi. — Stephanie Youngerman, do time Montanha, é uma excelente decifradora de códigos. Ela que descobriu.

— Descobriu o quê?

— Certo, aqui está a lista de medalhas na ordem em que foram distribuídas: Veloz de Ouro, Arrumação Olímpica, Ases Indomáveis...

— Nós ganhamos essa.

— Também ganhamos a Olímpia de Pesquisa. Depois disso, Marjory ganhou a Libris. Então vieram as medalhas "Isso eu consegui!", Balançando a Lombada, Engolindo, Rébus, Toca Aqui e Yertle, a Tartaruga.

— Eles são anagramas ou algo assim?

— Não. É outra versão do jogo das Primeiras Letras do Sr. Lemoncello. Quando você anota a primeira letra de cada uma das onze medalhas, adivinha o que diz.

Kyle já tinha rabiscado a resposta em um pedaço de papel:

— "Vá ao Liberty".

— Exatamente — disse Akimi. — E você falou que o Sr. Lemoncello nunca se repete, nunca usa o mesmo tipo de pista duas vezes.

— Bem, ele não se repetiu. Não foi exatamente da mesma forma.

— Não importa. Mas agora que estamos aqui no parque, não sabemos o que estamos procurando.

— Livros sobre esquilos.

— Oi?

— Foi isso o que Andrew Peckleman descobriu. O tio Woody dele odeia esquilos, por causa de todos os comedouros para aves. Então ele não quer que ninguém mais na cidade leia sobre eles.

— Por quê? Ele acha que, se todos os livros sobre esquilos desaparecerem, os esquilos também vão desaparecer?

— Talvez.

— O sujeito é definitivamente maluco — disse Akimi.

Três minutos depois, o livromóvel parou com um chiado do lado de fora do Liberty Park, que era na verdade mais um playground com árvores e mesas de piquenique.

— Vocês encontraram alguma coisa? — perguntou Kyle a Miguel.

— Não. Nenhum sinal de que alguém cavou aqui.

— Por que estão procurando sinais de que alguém cavou?

— Tesouro enterrado, cara. Como em *A ilha do tesouro*.

— Não acho que o Sr. Peckleman teria enterrado seus livros aqui — disse o texano, Angus Harper. — Alguém teria visto ele fazendo isso.

— Você tem razão — falou Kyle. — Ele não correria um risco tão grande.

— Então por que o Sr. Lemoncello nos mandou até aqui? — perguntou Diane Capriola, do time Sudeste.

— Liberty Park! — disse Stephanie Youngerman. — É outro anagrama!

Todos sacaram seus smartphones e começaram a usar o aplicativo de anotações para rearranjar as letras de outras formas.

— *Perky tribal*! — gritou Miguel.

— *Library kept*! — falou Stephanie Youngerman. — Tem a palavra *"library"*, que em inglês quer dizer biblioteca!

Enquanto os outros caçadores do tesouro continuavam a gritar combinações de palavras esquisitas, **Kyle** girava lentamente no mesmo lugar, examinando o **parque** e o playground.

— O que é aquilo?

Ele apontou para uma estrutura verde protuberante com uma cabeça oscilante presa de um lado por **um** pescoço curto feito de mola.

— Aquilo é algo em que as crianças sobem — disse Andrew. — Deveria se parecer com uma tartaruga.

— E — falou Kyle —, quando o Sr. Lemoncello deu a Marjory Muldauer a medalha Yertle, a Tartaruga, ele disse que aquela era a "medalha mais importante de todas as medalhas muito importantes distribuídas **até então**". Vamos lá.

Kyle liderou o caminho até o brinquedo de **tartaruga** em forma de concha. Pranav Pillai, do time Pacífico, **se** enfiou debaixo daquilo.

— Bingo! — gritou ele.

— O que você encontrou? — perguntou Kyle.

Pranav deslizou para fora e mostrou a todo **mundo o** que ele tinha encontrado: um envelope amarelo **brilhante** com a palavra "Pista" carimbada na parte da **frente.**

Kyle olhou para o que estava escrito no cartão amarelo enfiado no envelope amarelo:

41.376495
−83.651040

— Acho que é melhor voltarmos à biblioteca — falou ele, com um suspiro. — Mais números decimais Dewey.

— Opa. Espere um pouco — disse Miguel.

— Esses não são números Dewey, meu amigo — falou Pranav Pillai.

— Não há nenhum número negativo no sistema de classificação de biblioteca do Sr. Dewey — explicou Elliott Schilpp.

— Acredito que o Sr. Lemoncello esteja nos convidando a jogar um jogo de *geocaching* — disse Angus Harper. — Porque esses números se parecem muito com coordenadas de GPS, na minha opinião.

— O que é *geocaching*? — perguntou Sierra.

— Uma atividade recreacional externa — falou Pranav Pillai — em que se usa um dispositivo de GPS e outras técnicas de navegação para esconder e procurar recipientes à prova d'água que têm um livro de registro no interior, que você pode assinar para indicar que o encontrou.

Kyle sorriu. Muitos desses especialistas em bibliotecas pareciam dicionários.

Angus Harper sacou seu smartphone:

— E acontece que eu tenho um aplicativo de navegação por GPS em meu telefone. A maioria dos pilotos tem. Fornecemos a longitude 41.376495 e a latitude negativa 83.651040 e... BUM!... esse mapa nos mostra aonde ir.

Um alfinete vermelho apareceu sobre o mapa do aplicativo, indicando um local logo do outro lado da rua em relação ao Liberty Park.

— É perto do hotel! — disse Miguel.

— Parece ser a caixa de correio da entrada! — falou Andrew.

— Vamos examiná-la — sugeriu Kyle.

O grupo de doze novos companheiros de equipe seguiu em conjunto até a faixa de pedestres, onde esperaram o sinal fechar.

— Não tem como não ver a caixa do correio — disse Andrew. — Ela tem o formato de um pássaro.

O sinal fechou.

Kyle e Akimi lideravam o grupo que atravessava a rua até a caixa de correio azul quadrada. Ela tinha asas de madeira pregadas em suas laterais e uma pena como cauda em sua traseira. Para abaixar a portinhola na frente, era preciso puxar o bico do azulão.

— Outro envelope — falou Abia Sulayman, quando Kyle abriu a caixa de correio.

— É correspondência oficial dos correios? — perguntou Stephanie Youngerman. — Se for, é um crime federal abri-la.

— Não — respondeu Kyle. — É outro envelope amarelo com a palavra "Pista" carimbada na frente.

— Abra — encorajou Angus.

Kyle rasgou o envelope.

— É um monte de charadas — relatou ele. — Três no total.

Diane Capriola, que tinha conquistado seu lugar no time Sudeste ao solucionar charadas, apresentou-se.

— Me deixe ver isso aqui — disse ela.

Kyle também era muito bom com charadas, mas entregou o envelope a Diane.

— Primeira charada — falou ela. — O que tem quatro rodas e um zumbido?

— Um carro! — respondeu Miguel, sem pensar.

— Guarde essa ideia — disse Diane. — Segunda charada: "Vocês encontrarão sua próxima pista onde o caçador baixo tecla mel."

Os outros onze jovens começaram a procurar pelo terreno do hotel, em busca de uma colmeia.

— E, finalmente, charada três: "Tudo o que tenho é porcaria." — Ela fechou o envelope. — Todas as três pistas nos estão levando ao mesmo lugar.

— A floresta? — falou Nicole Wisniewski, que ainda procurava a colmeia. — Não sou boa com florestas. Sou de Chicago.

— Não — respondeu Diane. — A terceira charada é um trocadilho. A segunda charada é uma mistura. E a primeira charada é para crianças no jardim de infância.

— Então, Kyle — falou Akimi —, quer dizer que você provavelmente pode cuidar disso.

Kyle sorriu:

— Está tudo bem. Tenho certeza de que a Diane sabe a resposta.

— Sim — disse ela. — A caçamba de coletar lixo.

— Por aqui — falou Andrew. — Ela fica atrás da cozinha.

Ele liderou o grupo dando a volta no prédio principal até uma pequena área de descarga nos fundos.

— Ah, entendi — disse Miguel. — Ela tem quatro rodas e o zumbido das moscas que atrai.

— Também — falou Sierra — "caçamba de coletar lixo" e "caçador baixo tecla mel" usam as mesmas letras.

— Sim — disse Diane. — E tudo o que uma caçamba de lixo tem é "porcaria".

— Bom trabalho — falou Kyle. — Agora quem quer levantar a tampa?

Mesmo fechada, a caçamba de lixo fedia a frutas podres e laticínios vencidos.

— Você — respondeu Akimi, apontando para Kyle com uma das mãos, enquanto, com a outra, abanava o ar fedido e as moscas que zumbiam. — Você é o capitão do time.

— Do nosso time local — disse Kyle —, mas não desse aqui. Esse é mais como um daqueles times de super-heróis nas histórias em quadrinhos.

— Nós podíamos ser a Liga da Justiça das Bibliotecas — falou Pranav Pillai, entusiasmado.

O sujeito soava como alguém que *realmente* curtia histórias em quadrinhos.

— Todos a favor de Kyle Keeley ser o nosso capitão, independente de como o nosso time se chama, por favor levantem a mão direita — disse Akimi.

Todos, incluindo Andrew Peckleman, ergueram o braço no ar. Estavam usando a outra mão para tampar o nariz para não respirar o ar fedorento.

A votação foi unânime.

Kyle foi eleito capitão. Ele abriria a caçamba.

E poderia também precisar entrar nela.

Apesar de estar erguendo a tampa de uma fábrica de moscas, Kyle estava se sentindo bastante animado.

Esse novo time de super-nerds de biblioteca parecia invencível. Eles eram os Cruzados Campeões do Sr. Lemoncello, lutando por aquilo que era certo em um mundo que estava errado. Dividindo conhecimento para audaciosamente conquistar o desconhecido.

Ou algo assim.

Kyle assistia a muitos trailers de filmes.

Uma rajada quente de ar de leite-azedo-alface-podre-fralda-suja fez os olhos de Kyle lacrimejarem enquanto ele erguia a tampa emborrachada da caçamba.

Felizmente, um envelope embrulhado em plástico rotulado como "Pista" com algo retangular dentro estava preso à parte de baixo da tampa. Não haveria necessidade de mergulhar na caçamba.

Kyle puxou o envelope e ouviu o som inconfundível de tiras de velcro se separando. Ele arremessou o pacote, que ao toque parecia ser um livro embrulhado para presente, para Andrew. Kyle soltou a tampa e a cobertura da caçamba bateu com força.

— Podemos ir a algum lugar um pouco menos fedido para abrir isso? — perguntou Akimi, tentando respirar pela boca.

— Com certeza — respondeu Kyle.

Todo o time se afastou rapidamente da área de descarga e voltou ao estacionamento do lado de fora do saguão do hotel.

— Onde está o seu patrão? — perguntou Akimi a Andrew.

— Deve estar resolvendo pendências do hotel. A caminhonete dele não está aqui.

— Abra o embrulho — disse Kyle a Andrew.

Andrew rasgou a fita e o saco plástico que protegia o envelope amarelo espesso com a palavra "Pista" carimbada na frente. Dentro do envelope, ele encontrou um livro.

E leu o título em voz alta:

— *O grande livro de cadeados, trancas e travas de Louie, o chaveiro*?

Pranav Pillai sorriu para o livro:

— E então, velho amigo, nos encontramos mais uma vez.

— O que você quer dizer? — perguntou Akimi.

— Para conquistar a minha vaga no time Pacífico — respondeu Pranav —, tive que usar o código decimal Dewey nesse livro.

Ele virou o livro de lado e leu a lombada:

— Ah, não. Isso está incorreto.

— Está mesmo — falou Abia Sulayman. — Ele deveria estar nos 600s, com livros sobre tecnologia, não nos 900s, com história e geografia.

— Qual é o número de referência? — perguntou Andrew.
Pranav leu em voz alta:
— É 943.7.
— Isso está tãããão errado — disse Andrew.
— Verdade — falou Pranav. — Mas poderia estar errado de propósito. Veja bem, quando participei do jogo da fuga no Vale do Silício, o número decimal Dewey para o livro do chaveiro também era a combinação do cadeado na porta da biblioteca.

— Então, qualquer que seja o cadeado que estamos procurando — disse Sierra —, não poderia ter a mesma combinação que aquele.

Andrew bateu com a mão na testa, quase quebrando seus óculos de lentes muito grossas:

— O depósito! Sinto muito, pessoal. Eu deveria ter pensado nisso antes.

— Está tudo bem, Andrew — falou Sierra. — Você pensou nisso agora. Continue.

— Bem, meu tio Woody tem um cofre gigantesco. A porta dele é do tamanho de uma porta de um dos quartos do hotel. Ele fica escondido atrás de um painel deslizante no escritório principal.

— Então muito provavelmente essa é a combinação — disse Pranav.

— O escritório parece vazio — informou Nicole Wisniewski, espiando pelas janelas. — Devíamos examiná-lo.

— Todos nós? — perguntou Elliott Schilpp.

— Sim — respondeu Kyle. — A união faz a força.

— Kyle tem razão — disse Akimi. — Se o tio esquisito do Andrew... sem ofensa, Andrew...

Andrew ergueu a mão:

— Não estou ofendido.

Akimi continuou:

— Se o homem-pássaro de Alexandriaville voltar, uma dúzia de crianças deve ser o suficiente para contê-lo.

— Nós poderíamos dizer a ele que acabamos de avistar um pica-pau-bico-de-marfim ou um beija-flor-de-garganta--azul — sugeriu Abia Sulayman.

— Hein? — falou Akimi.

— As duas espécies figuram muito alto na lista de desejos de qualquer observador de aves. Também sou um pouco ligada nisso.

— Venham — disse Kyle. — Vamos destrancar aquele cofre.

Os doze caçadores de tesouro seguiram pelo saguão e entraram no escritório do hotel.

— Aquela é a parede — falou Andrew, apontando para a placa de madeira em que estava pendurada uma foto emoldurada de dois azulões.

— Para que lado ela desliza? — perguntou Kyle.

— Para a direita — respondeu Andrew.

Ele e Kyle colocaram as mãos na parede e a empurraram para o lado.

O painel deslizou e revelou uma porta de aço alta com uma tranca mecânica logo acima da maçaneta grossa de metal.

— Certo, Pranav — disse Kyle —, é com você.

Pranav Pillai se aproximou e girou o disco três vezes para liberá-lo. Então usou a combinação.

— Direita até nove. Esquerda até quatro. Direita até três. Esquerda até sete.

E empurrou a maçaneta.

Ela não se moveu.

— Tente novamente — sugeriu Kyle. — Mas inverta.

— Ah, sim — falou Pranav. — Uma excelente sugestão.

Ele girou o disco para liberá-lo, então tentou a nova combinação.

— *Esquerda* até nove. *Direita* até quatro. Esquerda até três. Direita até sete.

Algo clicou.

Pranav empurrou a maçaneta.

A porta do cofre se abriu.

52

O cofre do hotel era enorme, do tamanho de um quarto inteiro, que era o que ele provavelmente tinha sido até o Sr. Peckleman convertê-lo em um cofre de segurança máxima com paredes de aço.

Ele também estava vazio, a não ser por um par de montes de sacas de alpiste. Kyle não podia acreditar naquilo.

— Não há nada aqui — falou ele.

— Mas parece que um dia houve — disse Angus Harper. — Veja aquelas marcas no carpete.

Ele apontou para o chão.

— Sulcos que poderiam ter sido feitos por caixas pesadas — falou Elliott Schilpp.

— Caixas de livros — acrescentou Sierra.

— Não! — gritou alguém fora do hotel. — O senhor não pode fazer isso!

— Parece a voz de Marjory — disse Nicole Wisniewski. — Ela gritava com a gente o tempo todo.

— Vamos! — falou Kyle.

Os doze caçadores de tesouro saíram do escritório, atravessaram o saguão correndo e seguiram para o pátio, onde todos os outros atletas olímpicos da biblioteca e seus acompanhantes formavam um círculo, olhando fixamente para algo que fazia seus queixos caírem.

Kyle ouviu uma crepitação e um estalo.

E abriu caminho na multidão.

O Sr. Peckleman estava de pé ao lado da lareira ao ar livre, rindo histericamente.

Marjory também estava lá. Lágrimas escorriam por suas bochechas.

— Estou implorando, senhor — disse Marjory. — Não faça isso.

— O que está acontecendo? — perguntou um dos acompanhantes.

— Vamos nos livrar desses malditos livros sobre esquilos, de uma vez por todas — cacarejou o Sr. Peckleman.

— Ah, não, vocês não vão fazer isso — falou Akimi, acotovelando-se para passar pela multidão e se juntar a Kyle perto da lareira externa que ardia.

Kyle podia ver carrinhos de jardinagem, uma pequena carreta vermelha e um carrinho de mão, todos lotados de livros. No topo da pilha mais próxima dele estava *Flora & Ulisses*.

— Marjory me contou tudo sobre como o senhor a enganou para que ela roubasse aquele livro — disse um homem com um colarinho de padre, que Kyle supôs ser o Padre Mike, o acompanhante do time Meio-oeste. — Vou chamar a polícia.

— Tente só, padreco — retrucou o Sr. Peckleman —, e começo a jogar livros na fogueira no segundo em que seu dedo tocar no telefone. Imagino que eu consiga queimar completamente a maioria deles antes da polícia sequer chegar aqui. Eles estão muito ocupados essa tarde lá na Biblioteca Lemoncello. Parece que acabaram de ligar com uma denúncia anônima sobre um grande roubo de livros.

— Foi você! — resmungou Andrew. — Como pôde fazer isso, Tio Woody?

— Fácil. Veja bem, eu concordo com aquele lunático do Lemoncello: "Conhecimento que não é dividido permanece desconhecido." Bem, se eu destruir esse suposto conhecimento sobre esquilos, ninguém nunca vai saber que isso existiu. — Ele ergueu um exemplar de *Flora & Ulisses*. — Um esquilo que escreve poesia? *Bah!* Esquilos não são nada além de roedores larápios. Ratos com rabos felpudos! Eles são valentões que roubam comida de aves inocentes.

— Escute, Sr. Peckleman — falou Kyle —, só porque o senhor não gosta de livros sobre esquilos...

— Ninguém mais devia gostar também! Não vê, Sr. Keeley? Estou tentando proteger vocês, crianças. Vocês não deveriam ser forçadas a ler mentiras sobre um esquilo chamado Earl que usa um cachecol vermelho e não consegue encontrar sua própria bolota. Seus jovens olhos não deveriam ser expostos a vídeos sobre um esquilo voador que compartilha seu lar com um alce falante.

— Isso é um desenho animado — disse Kyle. — Não é real.

Kyle não sabia o que fazer.

O Sr. Peckleman era ainda mais louco do que qualquer um deles tinha suspeitado.

E a lareira realmente estava acesa.

Se a polícia estava ocupada na biblioteca no centro da cidade, investigando o mistério dos livros desaparecidos, eles levariam talvez dez minutos para percorrer todo o caminho até o hotel.

O Sr. Peckleman poderia queimar um monte de livros em dez minutos.

Kyle tinha que fazer algo. Salvar a biblioteca do Sr. Lemoncello incluía proteger seus livros, mesmo aqueles de que as pessoas não gostavam.

— Escute, Sr. Peckleman, vamos fazer um acordo...

— Ah, é isso mesmo. Andrew me contou sobre você. É o garoto dos jogos. Você acha que pode fazer alguma espécie de troca comigo como faria se estivéssemos jogando Banco Imobiliário?

— Por que não? Do que o senhor tem medo?

— Não de você, Kyle Keeley. Nem de nenhum de seus amigos. O que estou fazendo é certo!

— Então vamos jogar um jogo. Se eu vencer, o senhor não queima um livro sequer.

— E se *eu* vencer?

Kyle olhou para Akimi.

Ela balançou a cabeça.

Ele se virou para a Sra. Yunghans, que disse:

— Faça o que você tiver que fazer, Kyle. Estamos ficando sem tempo.

Finalmente, Kyle olhou para Marjory Muldauer.

Ela também balançou a cabeça positivamente.

— Certo, Sr. Peckleman — falou Kyle. — Se o senhor puder nos vencer num jogo de...

O velho homem cutucou Kyle com seu dedo:

— Eu posso escolher o jogo, não é mesmo?

— Certo. Mas lembre-se... se nós vencermos, o senhor tem que deixar os livros em paz.

— Sim, eu o ouvi da primeira vez — disse o Sr. Peckleman. — Mas o que recebo se ganhar?

Kyle engoliu em seco:

— Os livros.

Os olhos do Sr. Peckleman se esbugalharam e ele soltou uma risada:

— Já tenho os livros. Quero algo mais! Algo para tornar esse jogo um pouco mais... emocionante.

Kyle ficou perplexo. Ele não sabia mais o que oferecer.

Uma brisa alimentou as chamas, que se ergueram ainda mais alto.

Foi então que Marjory Muldauer se aproximou.

— Se o senhor ganhar — falou ela —, pode queimar isso aqui também.

Ela estava mostrando seu cartão "Vá à Faculdade de Graça".

— Ah, isso é interessante — falou o Sr. Peckleman, esfregando as mãos e olhando maliciosamente para o cartão na mão de Marjory. — Realmente muito interessante.

— Espere — disse Kyle a Marjory. — Esse cartão vale milhares de dólares.

— Na verdade — falou Marjory —, ele vale 234 mil e 428 dólares. Minha intenção é cursar Harvard. Por quatro anos.

— Bem, isso torna o seu cartão ainda mais importante. Você não pode simplesmente jogar ele fora.

— Posso, sim. Algumas coisas são ainda mais importantes do que educação de nível superior gratuita. Incluindo 323.443: "liberdade de expressão."

Ela entregou seu cartão ao Sr. Peckleman.

Todos arfaram.

Kyle olhou para os livros. Ele não podia acreditar no que estava prestes a fazer. Não podia acreditar que estava ao menos *pensando* em fazer aquilo. Seus irmãos pegariam no seu pé por causa disso pelo resto da sua vida, porque era loucura definitivamente.

Mas aquilo não o impediu.

— Certo — disse ele, tirando seu cartão de bolsa de estudos para a faculdade do bolso de sua camisa. — Se o senhor vencer, pode queimar o meu também.

Akimi se aproximou.

— E o meu — falou ela.

— E o meu — disse Angus Harper.

— E o meu — falaram 28 outras vozes, enquanto cada um dos atletas olímpicos da biblioteca se aproximava para entregar ao Sr. Peckleman seus cupons de prêmio alaranjados.

— Excelente. — O Sr. Peckleman deu uma risada, amassando os 32 cartões em sua mão, transformando tudo aquilo em uma bola de papel extremamente inflamável. — Aceito o desafio, Sr. Keeley. O Sr. Lemoncello não lhes dará suas bolsas de estudos. Não sem isso aqui. Os cartões devem ser apresentados para ganhar.

— Qual é o jogo? — perguntou Kyle.

— Vamos ver. Que tal uma charada?

— Ótimo. Temos vários competidores que são excelentes em solucionar charadas.

— Quem se importa? Foi você que fez o desafio.

— Eu sei, mas...

— O quê? Está com medo de perder e arruinar os sonhos de todos os seus amigos de ter uma educação de nível superior?

— Charadas não são o meu forte.

— É uma pena. Insisto em julgamento por um combate individual. Um duelo entre dois campeões que decidirão o destino de todos e tudo. Ninguém deve interferir ou soprar a resposta. Você, Kyle Keeley, está nessa por conta própria.

Kyle sentiu um tremor nervoso em sua barriga mais uma vez. Tentar ser um herói nem sempre era fácil ou divertido.

Ele olhou para a sua melhor amiga, Akimi.

— Manda ver.

— Você pode derrotá-lo, Kyle — disse Andrew.

— Vá em frente, Keeley — falou Marjory Muldauer. — Até eu estou torcendo por você.

Kyle se virou para encarar o Sr. Peckleman.

— Certo. Aceito o desafio. Se eu responder à charada e acertar, o senhor não queima nem um único livro. Nós os levamos de volta para a biblioteca do Sr. Lemoncello.

— Mas, se você não conseguir responder à minha charada — disse Peckleman, com um sorriso maldoso —, se fracassar, você e seus amigos amantes de bibliotecas têm que ficar aqui e observar enquanto eu destruo todos esses livros horríveis e todos esses adoráveis cartões alaranjados.

— Fechado.

— Ah, isso vai ser divertido — falou o Sr. Peckleman. — Deixe-me pensar... preciso de uma charada realmente boa... uma que seja quase impossível de solucionar...

Kyle esperou, dando a uma pequena voz bem no fundo de sua cabeça tempo para lembrá-lo de que *cada oportunidade de ganhar é também uma oportunidade de perder*.

Então Kyle mandou aquela pequena voz se calar.

Porque ele precisava que cada um de seus neurônios se concentrasse na charada do Sr. Peckleman.

— Certo, Sr. Keeley. Aqui está a sua charada: você é um prisioneiro em um quarto com duas portas. Uma leva até a masmorra e à morte certa; a outra leva à liberdade. Há dois guardas no aposento com você, um em cada porta. Um guarda sempre diz a verdade. O outro sempre mente.

Você não sabe qual é qual. Que pergunta única você pode fazer a um dos guardas que o ajudará a encontrar a porta que leva à liberdade?

Putz.

Kyle desejou que alguma outra pessoa tivesse feito o desafio.

Mas não tinham. Estava tudo em suas mãos.

Concentre-se, disse Kyle a si mesmo. *Você consegue.*

Certo.

Se Kyle quisesse descobrir qual guarda dizia a verdade e qual dizia mentiras, ele poderia perguntar: "Se eu perguntasse ao outro guarda se você sempre diz a verdade, o que ele diria?" Se o guarda a quem ele perguntou dissesse "não", queria dizer que ele definitivamente estava falando com aquele que dizia a verdade. Se o sujeito dissesse "sim", queria dizer que ele era o mentiroso, porque ele nunca falava a verdade, sobre ele mesmo *ou* sobre o outro guarda.

A cabeça de Kyle estava começando a doer.

— Estou esperando, Sr. Keeley — falou o Sr. Peckleman, segurando o livrinho ilustrado *O esquilo Earl* entre seu polegar e seu indicador para poder balançá-lo sobre a lareira.

— Preciso de um minutinho.

Mas Kyle só tinha *uma* pergunta para descobrir a porta certa.

Ele não podia fazer uma dança de dois passos e primeiro descobrir quem era o guarda honesto e então perguntar a ele qual porta usar.

Então...

Ele tinha que perguntar...

— Minha única pergunta — disse ele —, para qualquer um dos guardas...

Todo mundo estava se agarrando a cada uma de suas palavras.

—... seria: "Se eu perguntasse ao outro guarda, que porta *ele* diria que leva à liberdade?". Eu então escolheria a porta diferente daquela que o guarda falou para mim.

— Tem certeza, Sr. Keeley?

— Sim! Porque, se o guarda a quem eu perguntar for aquele que sempre fala a verdade, ele me diria que o outro guarda, o mentiroso, apontaria para a porta da morte. Se eu perguntasse ao guarda que sempre mente, ele também me indicaria a porta da morte, porque é um mentiroso. Então, em ambos os casos, eu escolheria a porta que o guarda *não estivesse* me indicando.

— Ele está certo — declarou Marjory. — Não está?

O Sr. Peckleman abaixou seu livro.

Mas não para dentro do fogo.

Ele delicadamente o colocou no topo da pilha na pequena carreta vermelha.

— Muito bem, atletas olímpicos da biblioteca. Bravo!

Repentinamente, o Sr. Peckleman tinha um sotaque britânico.

— Por estarem dispostos a sacrificar tudo o que vocês acharam que vieram aqui para ganhar, vocês provaram ser verdadeiros campeões.

Kyle meio que esperava que o sujeito lhes oferecesse o chá das cinco ou algo assim.

Mas, em vez disso, ele ouviu sirenes se aproximando.

A polícia.

Eles estavam cercando um carro na forma de uma grande bota e outro que se parecia com um gato em posição de ataque.

A bota era outra peça utilizada no jogo de tabuleiro *Frenesi Familiar* do Sr. Lemoncello.

Então Kyle tinha uma ideia muito boa de quem estava dirigindo o botamóvel.

Seu herói. Luigi L. Lemoncello.

O carro em forma de bota entrou no estacionamento do hotel com o gatomóvel de olhos verdes da Dra. Zinchenko seguindo logo atrás.

Kyle não conseguia entender o que estava acontecendo. O Sr. Lemoncello tinha dito que iria embora da cidade. Que partiria para Nova York ou Terabítia, que, pelo nome, parecia ser no estado de Indiana.

Os carros de polícia escoltando as duas peças de jogo sobre rodas tinham bandeiras tremulantes das Olimpíadas da Biblioteca presas a seus para-choques. Eles não estavam vindo ao hotel para prender o Sr. Peckleman; eram apenas parte da carreata do Sr. Lemoncello.

O carro da bota derrapou até a parar perto do pátio. O da Dra. Zinchenko rastejou até parar atrás dele. O Sr. Lemoncello abriu o tornozelo da bota e saiu.

— Donald? — bradou o Sr. Lemoncello, sua voz ressoando pelo estacionamento. — Apaga tua chama!

— Voo apressado para fazer tua vontade – disse o Sr. Peckleman, soando repentinamente como se estivesse em uma peça de Shakespeare.

Ele se abaixou e virou uma chave na lareira externa. As chamas desapareceram com um *put*!

— Lenha a gás — falou o Sr. Lemoncello. — Apenas mais uma parte de nossa gloriosa farsa.

— Hein? — disse Kyle.

O Sr. Lemoncello vestia um agasalho esportivo amarelo brilhante e um capacete em forma de meio limão siciliano, que ele soltou da cabeça e colocou debaixo do braço enquanto caminhava em direção ao pátio.

— Por favor, cubra aqueles livros com suas lonas de proteção — instruiu a Dra. Zinchenko, que usava seu habitual minivestido vermelho de couro, meias escarlates, sapatos de salto alto vermelhos e óculos de bibliotecária com a armação vermelha.

— Seu desejo é uma ordem, senhora!

O Sr. Peckleman abriu a lona azul brilhante com um floreio teatral e a jogou por cima dos livros sobre esquilos.

O Sr. Lemoncello se aproximou de Andrew Peckleman:

— Andrew?

— Sim, senhor?

— Minha avó não é a Strega Nona e você não tem um tio-avô de segundo grau, desaparecido há muito tempo, chamado Woody.

— Não tenho?

— Não. Tenha o prazer de conhecer Sir Donald Thorne, um dos melhores atores de toda a Inglaterra!

Sir Donald, que todos acharam ser o Tio Woodrow "Woody" Peckleman, tirou seu boné dos Blue Jays e o girou em frente ao seu rosto enquanto se inclinava em uma reverência.

— "O mundo todo é um palco" — falou ele. — "E todos os homens e mulheres são meros atores."

— Sir Donald também atuou como instrutor para a Dra. Zinchenko e para mim com a intenção de que pudéssemos desempenhar nossos próprios papéis com paixão e estilo. — O Sr. Lemoncello começou a imitar a si mesmo, atuando de forma muito mais melodramática do que tinha atuado em sua performance original. — Oh, buá. Eu, Luigi Libretto Lemoncello, neste momento declaro oficialmente que os jogos da Primeira Olimpíada da Biblioteca estão encerrados. Acabados. Kaput!

— Espere um segundo — disse Akimi. — Aquilo tudo foi uma encenação?

— Com certeza.

— O senhor foi muito convincente — falou Sierra.

— Sir Donald é um excelente instrutor.

— E tu, senhor, és um excelente pupilo.

Sir Donald fez mais uma reverência.

— Obrigado — disse o Sr. Lemoncello, fazendo ele mesmo uma breve reverência.

— Mas por que o senhor estava fingindo desistir da biblioteca? — perguntou Kyle.

— Para ter certeza absoluta e positiva de que todos vocês não fariam o mesmo. Agora, antes de fazer minha saída dramática, prometi nomear um novo conselho de administração para a minha biblioteca na segunda-feira. Todas as instituições públicas semelhantes à nossa têm conselhos assim...

— Elas realmente têm — confirmou a Dra. Zinchenko. — Em grande parte para angariar fundos e para se assegurar de que a instituição cumpra a sua missão.

— Bem — falou o Sr. Lemoncello —, minha biblioteca nunca tem que se preocupar com angariar fundos. Mencionei que sou trilhardário?

— Sim — respondeu Abia Sulayman. — Ouvimos falar disso.

— No entanto, eu realmente preciso de um conselho de administração para defender a minha causa aqui em Alexandriaville. Essa é a verdadeira razão para eu ter sediado essas Olimpíadas da Biblioteca. Eu lhes disse que era uma busca por campeões. E era. Eu estava procurando amantes de bibliotecas dispostos a encarar os desafios e lutar por aquilo que é certo, independente do custo ou do sacrifício pessoal. — Ele fez uma pausa e olhou diretamente para Marjory. — Mesmo se não concordassem com a minha forma de fazer as coisas.

— Sinto muito por ter pegado aquele livro — disse Marjory.

— Descobrimos que alguém faria isso quando o Sr. Peckleman começasse a distribuir seus cartões "Vá à Faculdade de Graça". Era um teste. Para ver se você, ou qualquer outra pessoa, estava aqui pelas razões erradas. Fico muito feliz que, no fim das contas, você tenha lutado tanto para salvar esses livros, porque, acredite ou não, Marjory, eu também amo bibliotecas *qua* bibliotecas. Só não gosto de dizer *"qua"*. Me faz soar como um pato.

Todos, incluindo Marjory, riram.

— Agora — falou o Sr. Lemoncello, soltando seu capacete para poder juntar as mãos atrás das costas e se dirigir aos atletas olímpicos da biblioteca —, vendo o resultado desse jogo final, estou confiante de que finalmente encontrei meu primeiro conselho de administração. No fim das contas, vocês todos trabalharam juntos para salvar a biblioteca, embora não houvesse nenhum prêmio além do conhecimento, da alegria e do encanto contido dentro das páginas de seus livros.

— Mas, hmm, não somos adultos — disse Akimi.

— Graças aos céus. Adultos podem ser muito sérios e maçantes. E, como vocês todos sabem, ler e aprender é tudo, menos maçante!

— O senhor realmente me quer no seu conselho? — perguntou Marjory.

— Ah, sim. Não poderia fazer isso sem você. Ou Andrew.

— Eu nem participei das Olimpíadas — falou Andrew.

— Uma tecnicalidade sem importância. Você é um administrador agora, Sr. Peckleman. Parabéns!

— Mas eu moro no Michigan — disse Marjory.

— E minha biblioteca tem tecnologia de ponta, incluindo Wi-Fi de altíssima velocidade, para podermos conversar através de nossos smartphones novos em folha. Preciso de sua ajuda... Marjory, Andrew, de todos vocês... para ter certeza de que minha biblioteca seja a melhor possível. Tudo o que peço é que vocês sempre defendam a liberdade de expressão, de declaração e de diversão!

— Bem, acho que um pouco de diversão não faz mal — falou Marjory. — Contanto que sempre exista um lugar silencioso onde as pessoas possam ler.

— É por isso que o Centro Eletrônico de Aprendizado tem paredes à prova de som. — O Sr. Lemoncello abriu os braços para o grupo. — Então, vocês, os 33 novos administradores, vão compartilhar essa busca pela verdade e pelo conhecimento comigo?

— Vamos! — responderam todos, incluindo Marjory Muldauer, que realmente parecia estar se divertindo.

Kyle achou que a cerimônia de encerramento foi o máximo.

O Sr. Lemoncello distribuiu 33 bolsas de estudos completas para a faculdade antes de desligar a gigantesca lanterna giratória. Um DJ tocou músicas dançantes. Tinha um enorme bolo retangular no formato de um livro aberto. Nele, escritas em amarelo em um mar de cobertura de chocolate, estavam essas palavras: "Abra um Livro e Abra a sua Mente."

— Parabéns, Sr. Keeley — falou a Dra. Zinchenko, que estava cortando o bolo e distribuindo as fatias. — Ah, quase esqueci. A Sra. Gause queria que eu lhe desse isso. Eu o tirei da sala dos 900.

Ela entregou um livro a Kyle.

— A Sra. Gause? — perguntou Kyle. — A bibliotecária holográfica de quando a velha biblioteca foi demolida?

— Isso mesmo. Ela achou que você poderia querer saber por quê.

Kyle examinou a capa do livro: *Piratas e patifes do rio Ohio*.

— É um livro de história, obviamente — disse a Dra. Zinchenko. — Foi escrito por um professor da Escola Preparatória Chumley. Imagino que vai achar o capítulo 11 muito esclarecedor. É sobre um bandido chamado Chuck Willoughby, o Feio, que liderava a gangue Hole-in-the-
-Rock, um grupo de piratas que saqueava navetas por todo o rio Ohio nos anos 1700.

— Espere um segundo — falou Kyle. — O tio super-rico de Charles Chiltington, o irmão da Sra. Chiltington, não se chama Willoughby?

— Sim. James Willoughby Terceiro. Esse livro vai lhe contar exatamente *como* a fortuna da família Willoughby começou e por que a Sra. Chiltington ficou tão desapontada ao encontrar o livro nas prateleiras da nova Biblioteca Lemoncello.

— Ela também o queria banido da velha biblioteca?

— Claro. E quando a Sra. Gause se recusou a obedecer ao seu comando...

— A Sra. Chiltington enviou as escavadeiras.

— Na verdade — corrigiu a Dra. Zinchenko —, o *Sr.* Chiltington é quem está no ramo da construção. Juntos, eles esperava reescrever a história que não combinava com o mito de sua família.

— Então esse livro é a verdadeira razão por que a Sra. Chiltington queria assumir a Biblioteca Lemoncello, não é?

A Dra. Zinchenko sorriu:

— Conhecimento pode ser uma coisa muito poderosa e, para alguns, muito aterrorizante, Kyle. Especialmente quando é dividido com todos, incluindo seus vizinhos.

— Obrigado por isso — falou Kyle.

Ele colocou o livro de história de Ohio debaixo do braço e, equilibrando seu prato de bolo, foi até onde o Sr. Lemoncello estava conversando com Sir Donald Thorne, o ator que não se parecia tanto com uma galinha agora que não usava mais a fantasia e tinha tirado seu nariz falso de borracha.

— Ah, você tinha que ter me visto quando segurei aquele livro sobre as chamas, Luigi! Eu fui incrível.

— Sim, Donald — respondeu o Sr. Lemoncello, educadamente. — Tenho certeza de que foi.

— E quando fiz a Sra. Chiltington pensar que éramos conspiradores? Aquele foi um dos meus melhores trabalhos de todos os tempos.

— Sim, Donald...

— E meus olhos. Foi assim que os esbugalhei quando estava fingindo que faltavam apenas alguns sanduíches para um piquenique.

— Muito convincente, Donald...

O Sr. Lemoncello parecia entediado, então Kyle se intrometeu:

— Sr. Lemoncello?

Os olhos dele brilharam:

— Com licença, Donald. Assunto urgente. Tenho que falar com um membro do meu novo conselho.

O Sr. Lemoncello tocou o ombro de Kyle e o convidou a se afastar de Sir Donald Thorne.

Depressa.

— O que foi, Kyle?

— Posso te fazer uma pergunta?

— Certamente. Na verdade, como administrador da Biblioteca Lemoncello, você tem o dever de vir até mim com toda e qualquer questão que você possa ter.

— Bem, senhor, uma parte de toda essa coisa de Jogos Olímpicos foi uma tentativa de fazer Andrew Peckleman gostar de bibliotecas de novo? Por isso o senhor fez Sir Donald fingir quer era o tio-avô *dele* em vez de ser, digamos, meu ou do Miguel?

O Sr. Lemoncello sorriu dissimuladamente:

— Por que, Kyle Keeley; realmente acha que eu sou tão ardiloso e astuto?

— Sim, senhor. É por isso que os seus jogos são tão bons.

O Sr. Lemoncello riu e apontou com a cabeça na direção do lado mais afastado do pátio, onde Andrew Peckleman e Sierra Russell dividiam uma fatia de bolo e riam.

— Meu palpite é que eles estão falando sobre seus livros favoritos — disse Kyle.

— E o meu palpite — falou o Sr. Lemoncello — é que Andrew virá à Biblioteca Lemoncello todas as segundas, quartas e sextas depois da escola.

— O senhor acha?

— Certamente. É quando Sierra está lá.

EPÍLOGO

No primeiro dia do recesso da primavera, duas semanas depois que todos os atletas olímpicos visitantes tinham voltado para casa, Kyle Keeley seguiu em sua bicicleta na direção do centro da cidade para a Biblioteca Lemoncello.

Charles Chiltington estava do lado de fora, como de costume, andando de um lado para o outro na calçada, carregando um cartaz de protesto que dizia "A BIBLIOTECA DO SR. LEMONCELLO É EXECRÁVEL".

Kyle estacionou a bicicleta e acenou:

— Ei, Charles.

— Keeley.

— Quer entrar e checar a seção de referência? Talvez retirar um dicionário de sinônimos?

— O quê?

— Respeito totalmente a sua liberdade de expressão, Charles. Só acho que você poderia ser capaz de se expressar mais claramente se não usasse palavras difíceis em todos os seus cartazes. Até mais!

Kyle subiu os degraus de mármore rapidamente e entrou no saguão, onde a estátua do Sr. Lemoncello — com a cabeça inclinada para trás e água esguichando de seus lábios franzidos como os de um peixe — gorgolejava novamente. Tinham consertado seu slogan sobre conhecimento não dividido na base e acrescentado um novo na lateral:

UMA BIBLIOTECA É UM ARSENAL
DE LIBERDADE.

Na Sala de Leitura da Rotunda, usuários alegremente pesquisavam/flutuavam pelas prateleiras de ficção. Clarence e Clement checavam seus e-mails nos tablets embutidos nas mesas. Alguns jovens universitários reuniam-se em volta de outra mesa, fazendo algum tipo de projeto de pesquisa sério. E a Sra. Lonni Gause, a bibliotecária holográfica, ajudava atrás do balcão de circulação sem medo de ser demolida. Porque essa biblioteca tinha verdadeiros campeões, guerreiros da liberdade intelectual que fariam o que fosse necessário para protegê-la: o Sr. Lemoncello, claro, e todos os amantes de bibliotecas da primeira Olimpíada da Biblioteca de todos os tempos, além de Andrew Peckleman.

— Ei, Kyle? — falou Miguel, enquanto ele e Akimi desciam uma das escadas em espiral. — Tem um jogo novinho em folha no Centro Eletrônico de Aprendizado.

— Você fica em pé sobre uma plataforma, desliza os pés e patina por um canal congelado com Hans Brinker — acrescentou Akimi.

— Você começa com patins de madeira — disse Miguel —, mas pode ganhar outros de prata. Exatamente como no livro.

— É um conceito Lemoncello totalmente novo — falou Akimi. — Livros audioanimatrônicos. Você é capaz de atuar num romance inteiro com seus personagens principais.

— Você também pode patinar — acrescentou Miguel.

— Divirtam-se — disse Kyle. — Prometi à Dra. Z que ajudaria na Sala das Crianças por algumas horas hoje.

— Bacana — falou Miguel. — Vou fazer isso amanhã. Com Sierra e Andrew. — Ele levantou as sobrancelhas maliciosamente. — Falo com você mais tarde, cara.

— Até mais.

Kyle foi até a Sala das Crianças, onde os pequeninos estavam lendo livros com suas mães e seus pais assistindo a um show de fantoches ou escutando um contador de histórias, ou cantando junto da Mamãe Ganso e seus gansinhos.

— Com licença — falou uma voz fraca atrás de Kyle.

Kyle se virou:

— Posso ajudá-lo?

— Esse livro é bom?

Um garotinho muito pequeno estava segurando um exemplar de *Flora & Ulisses*.

— Ah, é excelente — disse Kyle. — Eu li semana passada. É sobre um esquilo que é sugado para dentro de um aspirador de pó e se transforma num super-herói que escreve poesia.

— Legal!

O menino correu para o balcão de retirada com seu prêmio.

Kyle observou enquanto ele se afastava e se sentiu muito bem.

Na verdade, ele se sentia fantástico.

Era definitivamente outro dia de bolo.

NOTA DO AUTOR

Escrever esse livro sobre livros banidos (que, poxa vida, podem ainda ser banidos em alguns lugares por causa de seu assunto) me fez me lembrar de quando eu estava no quinto ano e comprei (com o dinheiro da minha mesada) minha primeira assinatura da revista *MAD*. Acho que custou menos de cinco dólares para o ano inteiro.

Todo mês, a *MAD* vinha repleta de sátira histérica de programas de TV e filmes, paródias sarcásticas e anúncios falsos engraçados. Aquilo era pura irreverência impressa em papel.

A *MAD* (junto com os desenhos animados de *Rocky e Bullwinkle*) foi mais importante para inflamar meu amor pelas palavras do que qualquer outra coisa ao longo dos meus anos de colégio.

Lembro que meu fascículo mensal da *MAD* chegava pelo correio em uma embalagem marrom simples, porque alguns adultos achavam que sua sátira e sua falta de respeito pela autoridade a tornavam questionável, talvez até mesmo subversiva. Muitos daqueles adultos também achavam que a revista deveria ser banida, que crianças impressionáveis (como eu) não deviam ter permissão para lê-la.

Mas eu a lia. (Talvez até mais avidamente porque sabia que ler aquilo era considerado uma forma de rebelião.)

Meus pais não viam problema em eu ler a MAD. Acho que o meu pai, por ter presenciado o combate na Segunda Guerra Mundial, tinha aquele ceticismo da Geração Grandiosa a respeito da obediência cega a regras e àqueles em posição de autoridade.

Quando fiz comédia de improviso em um teatro do Greenwich Village — o que o New York Times descreveu como "basicamente loucura descarada" numa resenha de nossa apresentação — nosso grupo era chamado de First Amendment Improvisation and Comedy Company (Companhia de Improvisação e Comédia Primeira Emenda). Toda noite, nós exercitávamos nosso direito de expressão garantido pela Primeira Emenda para fazer piadas com políticos, acontecimentos atuais, tendências ridículas e basicamente qualquer coisa que precisasse ser alvo de piada. Nós éramos uma revista MAD que vivia e respirava.

E agora que sou um autor, sempre sinto uma pequena pontada de orgulho quando leio aquelas letras miúdas dentro de todos os meus livros da Random House: "A Random House Children's Books apoia a Primeira Emenda e celebra o direito de ler."

Fazendo pesquisa para essa história, fiquei impressionado com quantos livros infantis foram banidos ao longo dos anos. Não apenas no passado, mas tão recentemente quanto ontem.

Eu me vi concordando com a antiga presidenta da Associação Americana de Bibliotecas, Carol Brey-Casiano, que disse: "Nem todo livro é certo para todas as pessoas, mas proporcionar uma ampla gama de escolhas de leitura é vital para o aprendizado, a exploração e a imaginação. As capacidades de ler, falar, pensar e nos expressar livremente são valores fundamentais americanos."

Também gosto dessa frase de para-choque de caminhão: "Liberte a sua mente. Leia um livro banido."

A Associação Americana de Bibliotecas patrocina uma Semana de Livros Banidos anual em setembro. É um ótimo momento para professores, alunos e bibliotecários discutirem o que a Primeira Emenda realmente significa.

O Sr. Lemoncello definitivamente celebrará a data esse ano em sua biblioteca.

Haverá balões. Bolo, também.

E muitos e muitos livros. Até mesmo aqueles de que o Sr. Lemoncello realmente não gosta.

Leia mais:

ala.org/bbooks/bannedbooksweek
teachhub.com/banned-book-week-activities

pt.wikipedia.org/wiki/Lista_de_livros_censurados

OLIMPÍADAS DA BIBLIOTECA DO SR. LEMONCELLO

LISTA DE LIVROS

Aqui está uma lista completa de livros mencionados em *Olimpíadas da Biblioteca do Sr. Lemoncello*. (Quantos você já leu?)

- ☐ *A sala dos répteis*, de Lemony Snicket
- ☐ *Aconteceu em Hawk's Hill*, de Allan W. Eckert
- ☐ *Amanhã você vai entender*, de Rebecca Stead
- ☐ *Anne de Green Gables*, de L. M. Montgomery
- ☐ *A árvore generosa*, de Shel Silverstein
- ☐ *As aventuras do Capitão Cueca*, de Dav Pilkey
- ☐ *O anjo inacabado*, de Sharon Creech
- ☐ *Blubber*, de Judy Blume
- ☐ *Boa noite, lua*, de Margaret Wise Brown
- ☐ *The Bravest Squirrel Ever* [O esquilo mais corajoso de todos], de Sara Shafer
- ☐ *Bud, Not Buddy* [Bud, não é Buddy], de Christopher Paul Curtis

- *O caçador de pipas*, de Khaled Hosseini
- *A casa soturna*, de Charles Dickens
- *O conto do esquilo nutkin*, de Beatrix Potter
- *Earl the Squirrel* [Earl, o Esquilo], de Don Freeman
- *A empregada*, de Laura Amy Schlitz
- *A espiã*, de Louise Fitzhugh
- *Em algum lugar nas estrelas*, de Clare Vanderpool
- *Fahrenheit 451*, de Ray Bradbury
- *A fantástica fábrica de chocolate*, de Roald Dahl
- *Flora & Ulisses: As aventuras ilustradas*, de Kate DiCamillo
- *The Fourteenth Goldfish* [O décimo quarto peixinho dourado], de Jennifer L. Holm
- *The Girl Who Loved Wild Horses* [A menina que amava cavalos selvagens], de Paul Goble
- *Grandes esperanças*, de Charles Dickens
- *Gregor, o guerreiro da superfície*, de Suzanne Collins
- *Hans Brinker, or The Silver Skates*, de Mary Mapes Dodge
- *Harry Potter e o prisioneiro de Azkaban*, de J. K. Rowling
- *A história de Despereaux*, de Kate DiCamillo
- *A ilha do tesouro*, de Robert Louis Stevenson
- *A invenção de Hugo Cabret*, de Brian Selznick
- *Jogos vorazes*, de Suzanne Collins
- *Série Junie B. Jones*, de Barbara Park
- *O leão, a feiticeira e o guarda-roupa*, de C. S. Lewis
- *A Light in the Attic* [Uma luz no sótão], de Shel Silverstein
- *Lilly's Purple Plastic Purse* [A bolsinha de plástico roxo da Lilly], de Kevin Henkes
- *A longa jornada*, de Richard Adams

- ☐ *O Lorax*, de Dr. Seuss
- ☐ *O mágico de Oz*, de L. Frank Baum
- ☐ *Série Maximum Ride*, de James Patterson
- ☐ *A menina e o porquinho*, de E. B. White
- ☐ *Morris the Moose* [Morris, o alce], de B. Wiseman
- ☐ *Mulherzinhas*, de Louisa May Alcott
- ☐ *Odisseia*, de Homero
- ☐ *Onde está Wally?*, de Martin Handford
- ☐ *Onde vivem os monstros*, de Maurice Sendak
- ☐ *Ovos verdes e presunto*, de Dr. Seuss
- ☐ *The Paper Airplane Book* [O livro do avião de papel], de Seymour Simon
- ☐ *A pedra da visão*, de Holly Black e Tony Diterlizzi
- ☐ *Série Percy Jackson*, de Rick Riordan
- ☐ *Peter Pan*, de J. M. Barrie
- ☐ *Os pinguins do Sr. Popper*, de Richard and Florence Atwater
- ☐ *Píppi Meialonga*, de Astrid Lindgren
- ☐ *Ponte para Terabítia*, de Katherine Paterson
- ☐ *The Postcard* [O cartão postal], de Tony Abbott
- ☐ *Sammy Keyes and the Hotel Thief*, de Wendelin Van Draanen
- ☐ *Sobre o mar e sob a pedra*, de Susan Cooper
- ☐ *Stuart Little*, de E. B. White
- ☐ *Strega Nona: A avó feiticeira*, de Tomie dePaola
- ☐ *A Tangle of Knots* [Um emaranhado de nós], de Lisa Graff
- ☐ *Tem um garoto no banheiro das meninas*, de Louis Sachar
- ☐ *Twerp* [Um bobo], de Mark Goldblatt
- ☐ *Ulisses*, de James Joyce
- ☐ *Uma dobra no tempo*, de Madeleine L'Engle

- ☐ *Uma lagarta muito comilona*, de Eric Carle
- ☐ *Ungifted* [Bem normal], de Gordon Korman
- ☐ *Válter, o cachorrinho pum*, de William Kotzwinkle e Glenn Murray
- ☐ *Winn-Dixie: Meu melhor amigo*, de Kate DiCamillo
- ☐ *Yertle the Turtle and Other Stories* [Yertle, a tartaruga], de Dr. Seuss

OBRIGADO...

Às muitas, muitas pessoas que ajudaram a tornar esse retorno à Biblioteca do Sr. Lemoncello possível.

Minha maravincrível esposa, J.J., que lê tudo o que escrevo antes de qualquer outra pessoa. Se você gosta dos meus livros, é porque ela fez um trabalho incrível editando a primeira versão. Se você não gosta deles, é tudo culpa minha.

Minha editora fabulosamente criativa e encorajadora na Random House, Shana Corey. Trocar ideias com ela é sempre extremamente divertido.

Minha impressionante diretora editorial adjunta, Michelle Nagler. Adoro trabalhar com ela.

Minha fantástica designer, Nicole de las Heras, que trouxe o igualmente fantástico ilustrador Gilbert Ford para outra capa inacreditável.

Meu incrível agente literário, o garboso Eric Myers, que me ajudou a publicar quase quarenta livros nos últimos dez anos.

Meu time de bibliotecárias habilidosas: **Amy Alessio**, **Gail Tobin**, **Erin Downy Howerton** e **Margaret Miles**. Sem a sua inestimável assistência, Marjory Muldauer encheria a minha paciência por causa de meus números decimais Dewey imprecisos. Eu também gostaria de agradecer o bibliotecário Darrel Robertson, cuja caça ao tesouro para o primeiro livro da série Lemoncello foi baixada por quase mil bibliotecas em todo o país.

Meus "leitores beta" massa-feras na Califórnia — toda a família Cavalluzzi: Sunshine, Tony, J.D., Lucy e Micah. Que família admirável. Eles fazem até mesmo jantares e piqueniques inspirados em livros!

Meus muitos amigos e apoiadores na Random House Children's Books que mostraram seu amor ao Sr. Lemoncello: Laura Antonacci, Jennifer Black, Dominique Cimina, Rachel Feld, Lydia Finn, Sonia Nash Gupta, Judith Haut, Alison Kolani, Kim Lauber, Mallory Loehr, Barbara Marcus, Orli Moscowitz, Lisa Nadel, Paula Sadler, Danielle Toth, Adrienne Waintraub e Ashley Woodfolk. Sim, é necessário um vilarejo para manter essa biblioteca aberta.

O Museu Americano de História Natural e a Biblioteca Pública de Nova York pela inspiração de suas exibições "Pterossauros: Voo na Era dos Dinossauros" e "The ABC of It: Por que Livros Infantis Importam".

Finalmente, obrigado a todos os professores, pais, livrarias e bibliotecários que fizeram *Fuga da biblioteca do*

Sr. Lemoncello ganhar vida pra jovens leitores através de jogos, quebra-cabeças rébus adicionais, leituras em voz alta animadíssimas, celebrações de gala, pencas de balões e caças ao tesouro inacreditáveis. Obrigado por tornarem ler tão divertido!

Impresso no Brasil pelo
Sistema Cameron da Divisão Gráfica da
DISTRIBUIDORA RECORD DE SERVIÇOS DE IMPRENSA S.A.
Rua Argentina, 171 – Rio de Janeiro, RJ – 20921-380 – Tel.: (21)2585-2000